Ljubav se sastoji od jedne duše koja nastanjuje dva tela.

Volite i bićete voljeni...
♡

Mario Liguori

Prva ljubav

Laguna

Copyright © 2014, Mario Liguori
Copyright © ovog izdanja 2014, LAGUNA

 Kupovinom knjige sa FSC oznakom pomažete razvoj projekta odgovornog korišćenja šumskih resursa širom sveta.
SW-COC-001767
© 1996 Forest Stewardship Council A.C.

Omne adeo genus in terris hominumque ferarumque et genus aequoreum, pecudes pictaeque volucres, in furiam ignemque ruunt: Amor omnibus idem.

Vergilije

Sadržaj

Jesen u niskom gradu 9
Omiljeni grad. 21
China garden. 31
Ci Đuvano 37
Sjajan par 43
Jesen u provinciji. 51
Dan kada sam ušao u trojku 57
Prva ljubav 63
Tragovi rodnoga grada 67
Dva poziva 75
Ženski makaroni. 81
Bela zavesa 87
Zabranjeno voće 93
Šišanje. 109
Damijano 117

Vlas 121
Kišni dani 129
Dvoboj 135
Sin naše zemlje 141
Dnevnik Ane Person 147
Tamo gde ne poznaju ukus plača 159
Nevažeći pasoš 165
Putovanje 171
Večernji oblaci 177
Poslednja noć opozicionog odbornika 185

O piscu 193

JESEN U NISKOM GRADU

[…] držali smo se i dalje za ruke, a kad se masa razišla, šetali smo tako nekoliko sati po rascvetalom Pragu.
Milan Kundera

I

Tog dana čekao sam je u omiljenoj kafani – *U Parlamentu*. Čim me je primetio, kelner je doneo kriglu crnog, jer sam tada bio od onih detinjastih muškaraca koji, kad u kafani ne nađu uobičajeno piće, odbijaju bilo šta drugo. Vreme ručka je prošlo, nestajala je para pečenih pataka i crvenog kupusa čeških krčmi, a u vazduhu se mešao sladunjavi miris piva i duvanskog dima. Znao sam da ću sve to ponovo osetiti uveče, u našoj sobi, pre spavanja. U svežoj i čistoj prostoriji nešto će me još dugo posle tuširanja podsećati na kafansku atmosferu, sve dok me umor ne bude savladao.

Čekao sam je uznemiren. Mladom muškarcu lepa žena zadaje mnogo briga, jer zbog nje isplivavaju njegove nesigurnosti i zablude. Čekajući, grickao sam nokte, ljubomora je strah od gubitka ljubavi; tako sam sebi priznavao sve što njoj nisam smeo ni da spomenem. Koliko puta smo se svađali ne znajući zašto, a nevidljivi, perfidni razlog bila je opet ta moja ljubomora! Ah, da sam joj mogao objasniti sve to polako! U pravu je bio moj deda: ženi možeš sve objasniti samo do dvadesete godine života.

Voleo sam da sedim *U Parlamentu*, to je bila posebna kafana. Istina je da bi tamo svraćali zgubidani i turisti iz svih zemalja sveta, ali to nije smetalo češkoj staroj gardi da se opusti i raspravlja kao da sedi kod kuće. Na mojoj levoj strani, preko puta šanka, toga dana galamilo je rusko društvo, u kome su žene bile elegantnije, ali i bučnije od muškaraca. Na desnoj, pokraj prozora, dvoje Jugoslovena, ne sluteći da ih razumem, razgovarali su na privlačnu temu. To sam pripisao činjenici da sedimo u blizini Filozofskog fakulteta, gde profesori i studenti žive u iluziji da propagiraju ko zna koje istine i mudrosti. Mlad čovek s bosanskim akcentom, jednostavno obučen, ali sa zelenim šalom nalik na azijsku zastavu, obraćao se garavoj Beograđanki, besprekorno odevenoj:

– *Taj grad, kao svaku vizuelnu ljubav, ne mogu zaboraviti. Vidi, mi smo robovi svake viđene ljubavi i gospodari svih ostalih...*

– *U kom smislu?*

– *Samo izgleda smiješno, al' nije. Na primjer, ja sam u životu uvijek volio da ljubav slušam i mirišem.*

– *A kakve veze ima tvoja sinestezija sa Beogradom? Ja sam samo rekla da ne poznaješ Beograd!*

– *Bio sam i ja tamo, penjao sam se u njemu. U Beogradu se penješ, a u mom Sarajevu silaziš, jer se tamo sve događa na čaršiji, a čaršija je dolje. Beograd je zanimljiv tamo gore, na stanici nemaš šta čekat, a tebe čeka penjanje. U Beogradu moraš gore, to je grad odozgo.*

– Kako to misliš?
– Lijepo. Ako si bila u Sarajevu, tamo ljudi silaze negdje, a u Beogradu se penju negdje.
– Ali to verovatno zavisi od lične percepcije...
– Sve je lično na ovom svijetu. Misao je po svom uređenju subjektivna. Niko osim Boga nema dar objektivnosti. Je l' tako?
– To mi malo konfuzno zvuči. Ako se penješ, moraćeš i da silaziš...
– Da, ali šta se događa dok se penješ? U Sarajevu srećeš svijet koji silazi. Sarajevo je grad odozdo.
– A to je tvoj utisak.
– Svijet silazi lijep, počešljan, siguran, mirisav. A kad se bude penjao, kasnije, biće umoran, sit, a duša će mu bit prazna ko i džepovi. U Beogradu nije tako. Tamo se penješ željan i silaziš pospan.
– S tom filozofijom se ne slažem, ja bih čak pre zamenila pojmove silaženja i penjanja.
– Zvaću te u Sarajevo pa ćeš vidjet.

Devojka je prvi put pogledala oko sebe, kao da je zbunjena, pa je samo dodala – *važi!* Našla je moje zainteresovane oči, ali učinilo mi se da u njima nije prepoznala pogled sunarodnika. U tom trenutku pomislih da me je Prag učinio drugačijim, ali je mladi Bosanac prekinuo lanac mojih misli. Mnogo mu se govorilo:
– Znaš, svaki grad ima svoje čari... Da l' si bila u Parizu?
– Ne.
– Pariz je prevelik da bi se čovjek bavio visinom. U njemu nema vertikalnosti ni kad se penješ na Monmartr.

Tamo ima samo širine. Nema gore-dolje, nego desno--lijevo i naprijed-nazad.
– I krećeš se horizontalno...
– *Pariz je ženski grad.*
– Kako ženski? Svašta!
– *Da, podseća na široku ženu u drugom stanju.*
– Ha-ha-ha! Ti si lud! A Rim? Rekao si da si i tamo boravio.
– *Rim oduzima i ne daje. Sebičan grad.*
– Sebičan?
– *Jeste! Rim je prevelik da bi čovjek nešto značio u njemu. Zar nije čovjek važniji, recimo, u Beogradu nego u Rimu?*
– Ne slažem se da je čovek važniji u Beogradu nego u Rimu. Zavisi od čoveka. Ali... zar nisi rekao da u pola četiri treba da krenemo?
– *Da, da!*

Ostao sam nasamo s mlakim pivom, pitajući se gde je Ona, zašto kasni. Predavanje je trebalo da se završi u tri, a Akademija nije bila daleko. A da sam izašao na vazduh? Naišao bih na spore turiste u grupicama, penzionere sa zastavicama Nemačke ili Francuske, pa odlučne Pražane, zgađene zbog gužve (Pražani su mi tada izgledali odlučni jedino kad hodaju). Uostalom, napolju je bilo već pohladno, jesen je tih dana brisala poslednje letnje tragove, a ja sam već osećao da me ophrvava blagi virus gripa, imao sam kijavicu i bolove u mišićima.

Stigla je u petnaest do četiri, ne znajući da su se sreća zbog njenog dolaska i kafanski razgovor o gradovima širili u meni kao glasovi u sazvučju. Rekla je da je gladna. Onim akcentom koji se nije razlikovao od praškog naruči hranu i za mene. Mada je meni bilo kasno za ručak, prevagnula je želja da joj pravim društvo. Tih dana pričao sam manje nego inače, ali zato nisam odstupio od citata kojima bih bogatio svoje rečenice. „Voliš da govoriš tuđim rečima", primećivala je. To bi me vređalo. Imao sam svoje stavove, razmišljao sam svojom glavom, a ona je to dobro znala. Odgovorio bih „da", kao da mi nije ništa, i spustio glavu. Osetio sam da i tog dana ista misao prolazi kroz njenu glavu, ali nisam mogao da joj to čitam u očima, jer je zurila u tanjir, sve dok odjednom nije prekinula tišinu:

– *Prošlo je godinu dana otkad si se preselio. Kako ti se sviđa Prag?*

– *Fantastičan i hladan grad.*

– *Hladan kažeš? Prag nije od onih gradova u kojima se penješ na neko brdašce, gledaš krovove pa komentarišeš kako je lijepo vrijeme. Ovdje vrijeme uopšte nije bitno. Sunce i kiša, vjetar i snijeg ne mogu mu ništa. U takvim gradovima vrijeme se zaboravlja, zanemaruje. Tamo je važno ono što vidiš pod nebom. Po tome je Prag, kao Sarajevo,* nizak grad.

– *Je li? A gde si ti čula da je vrlina biti nizak?*

– *Za gradove jeste.*

– *A koji bi bili* visoki *gradovi?*

– *Šta ja znam, evo Amsterdam, na primjer.*

– *Zanimljivo. Da li hoćeš da kažeš da su gradovi u kotlini* niski, *jer se mogu posmatrati s visine, i gradovi u ravnici* visoki, *pošto nemaš odakle da ih posmatraš* odozgo?

Ćutala je. Zašto je počela da govori o gradovima kao ono dvoje? Da nisam onaj ili ovaj razgovor izmislio?

Sanjao? U praškoj kafani moj Novi Sad postade *visoki grad*, ali ubrzo posle toga prisetih se da se on može posmatrati s Petrovaradinske tvrđave. Tada je nisam više čuo. Njene usne su se i dalje razvlačile, zubi su sijali, lice je i dalje delovalo smirujuće, ali ja nisam pratio. Da bih dokučio tajne naše stvarnosti, morao sam da se isključim – ponekad se odmaramo od nekoga da bismo ga više voleli. Gledao sam njene obrve, koje su me oduvek privlačile, ali zato sam se u mislima preselio na Tvrđavu i mučio se: nisam nikako mogao da se setim da li ima stabala duž Dunavskog keja! Kako se moglo dogoditi da jedan Novosađanin nije siguran u tako važan detalj? U mislima sam tražio krošnje ne znajući da li ih stvarno ima. Sunce je obasjavalo Dunav, a ispred stabala, u prašini prolećnog dana, kretale su se crne tačke – ljudi izdaleka izgledaju kao mravi.

Kao i uvek kada bi primetila da sam odsutan, naljutila se:

– *Opet lutaš? Ti si nemoguć!*
– *Ne, mislio sam...*
– *Šta?*
– *To što kažeš o gradovima nije tako loše.*
– *Ma daj, čovječe, što si zapeo sad za to?*
– *Ne, ozbiljno! Malopre sam mislio o Sarajevu...*
– *Mani ga. To nije ni grad, nego mesara. Svi me melju ko mljeveno meso kad god me sretnu. S kafe na kafu, sve navrat-nanos! Tamo ne bih mogla više živjet, majke mi!*

Izađosmo. U vazduhu prepoznah svežinu davnih novosadskih dana. U duši mi se stvorio znani jesenji mir. Najviše sam voleo praške popodnevne šetnje s njom. Tada su mi svi izgledali kao duhovi i figure, ljudi od kartona, a jedino je ona bila od krvi i mesa. Dok sam držao njenu ruku, činilo mi se da nikako ne bih mogao da umrem. Ko zna zašto, dok smo sedeli, nama se govorilo, a dok smo šetali, nismo osećali tu potrebu. To je bio naš čudni način komunikacije, sačinjen od dugih ćutanja i iznenadnih prepiranja. Inače, volela je da govori o svom gradu. Pričala bi mi anegdote, objašnjavala umetničke stilove. Za godinu dana pored nje naučio sam mnogo o Pragu, koji je postao mnogo više od literarnog Kafkinog grada.

Te praške jeseni desilo mi se nešto strašno: počeo sam da se plašim starosti. U kupatilu bih primećivao prve sede, u telu prvi neočekivani umor. Početak starosti nazirao se po sve dužem ćutanju. Gajio sam iluzije da ću savladati češki, da ću se zaposliti u Pragu, da ću joj postati muž. Zašto je sudbina htela da se zaljubim u Pragu? Zar mi nije Bora iz Novog Sada pričao da je, odlazeći vozom iz Praga, za vreme hladnog rata, čuo zvuk bodljikave žice što grebe vagone? Ima li mesta za romantiku u gradu Dubčeka i Palaha?

II

Jutros u sedam, kada sam se probudio, trebalo mi je malo vremena da shvatim gde sam. Snovi su obično nestvarni, ali ja sam noćas sanjao istinu. U mom komfornom stanu uplaši me san o prošlosti. Definitivno sam ostareo, dokaz je da ni snovi ne mogu da mi se udalje od stvarnosti. Kako se to moglo dogoditi? Kad sam bio mlad, snovi su bili nezaboravni. Budio bih se uvek u nekoj priči. Leteli su avioni, kupao sam se u moru, preda mnom bi se stvorile nage lepotice. Ponekad u snovima gledao sam brodove s mosta. Ljubio sam ženu koja me strašno privlači, ali nikako nisam mogao da joj vidim lice. Vozio bicikl u prirodi. Snovi iz moje mladosti nisu marili za stvarnost.

Stavio sam džezvu i ponavljao sebi da se zovem Milovan, da sam star čovek, istoričar umetnosti i pisac iz Novog Sada. Šta još? Gde su mi žena i deca? U detinjstvu sam čuo, negde na severu Bačke: „Ako imaš decu, živiš kô ker, ako nemaš decu, umreš kô ker." Da li ću i ja umreti kao ker? U ogledalu sam video da sve vodi ka mojoj smrti. Starost, njene snažne čeljusti, vreme koje teče sve brže…

U devet sam uspeo da dobijem broj telefona *Gradskog zelenila*. Javio mi se ženski glas:

– *Molim?*

– *Dobar dan, gospođo, da li bih mogao da upitam nešto u vezi sa gradom?*

– *Izvolite.*

– *Pitanje je malo neobično, ali se nadam da ćete mi odgovoriti.*

– *O čemu se radi, gospodine?*

– *Interesuje me da li na Dunavskom keju ima stabala.*

– *Kako?*

- *Izvinite, znam da zvuči kao šala, ali… Da li na Dunavskom keju ima stabala?*

– *Samo trenutak, molim vas.*

Čulo se kako žena razgovara s nekim. Ona je šaputala: „Ima li stabala na Dunavskom keju?", a muški glas je rekao da ima između keja i same obale reke.

– *Gospodine, ima stabala, ali ne na samom keju. Ima ih između keja i reke. A gde vi živite?*
– *Tu, u Novom Sadu.*
– *Pa idite tamo da se uverite! Još uvek je toplo ovih dana, jesen kasni.*
– *Hvala vam, gospođo, izvinite.*
– *Nema na čemu, gospodine.*
– *Prijatno.*
– *Prijatno.*

Obukao sam se i pošao u šetnju. Prepodne je bilo sunčano, lišće zeleno. Samo se ponegde, na vrhu krošnji, videlo žutilo. Kroz Dunavski park izašao sam ispred mosta i produžio do keja: krošnje su bile malo dalje, na samoj obali reke. Tek onda shvatih: dvadeset godina ranije, tog jesenjeg dana u praškoj kafani *U Parlamentu*, magija njenih obrva vodila me je do suštine života, pa i Novog Sada, koji je zahvaljujući njenim obrvama dobio krošnje duž keja. Da li bih sve to znao da izrazim, da tražim spas u književnosti? Nikako. Pisanje je trenutak kada najbolje reči izgubim a najslabije sačuvam. Na Dunavskom keju uverio sam se u svoju nemoć: kako da pišem o tom praškom danu, da opišem rusko društvo i ono dvoje do prozora, da dočaram njene oči od zelenog vina i sâm grad Prag, u kome sunce, pošto pre podne ukrade ljudske nade, po podne ih skrije, kao lopov, iza zamka?

Vratio sam se. U stanu, u kasno jesenje predvečerje, pojavile su se njene obrve, a da to nisam hteo. Uveče sam gledao dnevnik, pa američki krimić. Priđoh prozoru da navučem zavesu i videh da policija zaustavlja neko belo vozilo. U potpunom mraku setih se razgovora o gradovima i popodnevnih praških šetnji. Čemu sve što sam sanjao i doživeo? Bio sam star čovek koga nadjačava besmislenost života. I dalje sam voleo da se tuširam i pijem kamilicu. Privlačile su me iste stvari, lule, drvene klompe, zimska atmosfera. Pitao bih se, katkad, da li je Novi Sad visok grad. Taj grad u ravnici zbog Tvrđave ispade *nizak*.

A ona? U sećanju nisam hteo da bude drugačija. U Pragu je verovatno živela na isti način: parkirala na Dejvickoj, volela kulise i šetnje, ulazila trčeći u tramvaj, svraćala u omiljenu kafanu – *U Parlamentu*.

Po svemu sudeći, bio sam naivan u mladosti. Mislio sam da ću zaboraviti sve. I nju i Prag.

OMILJENI GRAD

Oko koje vidiš nije oko da bi ga video, već da bi te videlo.
Antonio Mačado

I

U Akvarosi, početkom osamdesetih, svako je popodne ličilo na prethodno. Pošto je škola trajala do pola jedan, Alesio i drugi dečaci su se nalazili u pola tri ispred kuće Đilde Masana, garave žene duge kose i bakrene puti, u velikom dvorištu ukrašenom bugenvilijama i limunovima, idealnom za fudbal. Kako ništa ne može da zameni fudbal u glavi tirenskog deteta, mališani nisu imali ni oči za Vezuv i druge planine tog božanstvenog kraja, ni vremena za italijanski jezik i matematiku, iako se škola, u to vreme, još smatrala ozbiljnom. Golman im je bio Vičijenco Kapone, sin mesara Ninuča, toliko nalik na svog oca da je i on sâm ličio na mesara. Pridruživali su se i drugi dečaci iz Akvarose: Salvatore Sijeđo, Karmine Šokato, Nino zvani Koka-kola. Pepe Bebo, dete vatrenog pogleda i žilavog tela, bio je zadužen za najvažniji posao: vraćanja lopte ako bi preskočila visoki zid i završila pored zemlje Đildinog dvorišta.

Đilda bi tokom igre izlazila iz kuće u nekoj od onih haljina sa cvetnim motivima koje su tada bile popularne među tirenskim ženama, držeći malu šolju s kafom, ne sluteći da su svi pomalo dečački, nesvesno, zaljubljeni u nju. Svejedno, zbog igre su njeni melemni pogledi upereni ka Vezuvu i nebu, njene sandale sa niskom platformom, njeno ćutanje i neočekivani smeh – ostali zanemareni. Tako su prolazila Alesijeva popodneva u Akvarosi, oznojena, osvetljena, vesela u igri, besna u svađi, krvava ukoliko bi neko povredio koleno, što se neretko i događalo.

Pepe Bebo u igri nije učestvovao. Sve vreme bi u nekom uglu priželjkivao da lopta preskoči zid. Tada bi on, poput divlje životinje, sasvim prirodno, zahvaljujući elastičnosti svojih mišića, preskočio zid i brzo vratio loptu u igru. Nikad ga drugari nisu čekali, niti pitali šta se krije iza zida, nego su nastavljali utakmicu u vici i lupanju srca, u osmehu i svađi, pred nebom i bregovima na kojima čovek može da se zaljubi i zaboravi sve brige.

Noćnu Akvarosu, u kojoj se dva puta oglašavao petao, Alesio nije poznavao. San bi ga potpuno savladao uveče oko jedanaest i začas prebacio u svetlost idućeg jutra, kada bi gunđajući krenuo u školu. Tako je provodio detinjstvo kod Đilde, ne znajući skoro ništa o toj ženi. Komšiničina sudbina bila mu je manje poznata od njenih haljina, njen osmeh jasniji od njenog zanimanja. Sretali bi se u prodavnici kod Palombe, gde je katkad trošio pokoji novčić na bombone. Ona mu se onda javljala hladnim *ćao*, stideći se pomalo pred drugim ženama u radnji. Kad god bi neko nekog srdačno pozdravio, stroge oči Akvarosljanki postale bi velike kao divlje breskve, što je Alesija podsećalo na rečenicu stare učiteljice: „Oko koje vidiš nije oko da bi ga video, već da bi te videlo."

Alesio je bio dete sa jednostavnim snovima, valjda zato što su u Akvarosi postojali krasni mirisi i boje, hrana i sunce o kojima nije morao da mašta. Sanjao je da će putovati, pre svega zahvaljujući Žilu Vernu i *Putu oko sveta za osamdeset dana*. Nedeljom po podne slušao je prenos fudbalskog kola na radiju i radovao se golovima Alesandra Altobelija. Sanjao je da upozna Rumenigea, da *Inter* osvoji italijansko prvenstvo i Kup prvaka Evrope.

Poklonivši mu atlas, njegov tata mu je pomogao da čežnji za putovanjem doda oblik geografske karte (ranije je zamišljao države sa oblikom voća i povrća), ali nije mogao da sluti da će ga taj poklon zauvek udaljiti od detinjstva. Akvarosu je prvi put napustio u pubertetu, prilikom obrazovnog putovanja u Englesku. Kasnije je završio gimnaziju i upisao fakultet u Milanu. Za vreme njegovih studija, roditelji su prodali sve i prešli u Salerno, pošto su smatrali da u tom morskom gradu, daleko od malograđanštine, mogu prijatnije živeti kao penzioneri.

II

Čim je Alesio završio fakultet, bogate firme su mu ponudile zaposlenje. Prešao je u Holandiju, zatim u Englesku i Švedsku. Zaposlio se u velikoj kompaniji u

Helsingborgu, gde je upoznao Moniku, mladu učiteljicu poreklom iz Geteborga. U srećnom braku, uz lepu platu i sigurnosti bezbednog života, u kojem mnogi sanjaju besmrtnost, Akvarosa je tiho nestajala iz Alesijeve glave, a da on toga nije bio ni svestan. Tamo nije više imao ni roditelje ni kuću, a rodbina mu je živela u drugim gradovima Kampanije, Italije i Amerike. S vremenom se udaljio od sopstvenih korena, potiskujući sve južno u sebi. Vezivao se, naizgled bez muka, za ono severno, izbacujući iz sebe sve mediteransko, grčko, vulkansko i etrursko što je činilo njegovu i Akvarosinu srž. Udaljavao se od sebe da bi mogao da prihvati drugo i drugačije, da savlada švedski jezik i mentalitet. Ili je to možda bila sasvim prirodna potreba, kao da je shvatio da su svi ljudi putnici, jer se čovek rodio da bi išao? Samo neki ostaju u zavičaju, gde žive kao ljudi koji, prema Svetom Avgustinu, „u knjizi života čitaju samo jednu stranu".

Njegov svet je postao Helsingborg, grad vetra s mirisom ječma i krovovima sivljim od neba, gde će te ljudi, ako imaš svoj stav, odista poštovati. Shvatio je da čoveka ne čini tišina prepuna misli, da se može živeti poput Skandinavaca, bez pretpostavki i smatranja, na krilima trenutnih uzbuđenja. Zbog mora i trajekata iz Danske, koji svakih dvadeset minuta unose nepoznate osobe u grad, Helsingborg mu je pomogao da se ne izoluje, da ne živi svoj mali život u nekoj dolini, ma koliko lepoj, gde vreme staje i čovek mora da sluša prirodu da bi bio srećan. U tom gradu sve je bilo dinamično, ljudsko: organizacija zgrada i saobraćaja, red vožnje zelenih autobusa i vozova koji kruže Eresundom.

Konačno je Alesio živeo dvostruko, sa mogućnošću da svet posmatra i sa visine zamka, odakle je uzbudljivo pratiti kako brodovi mile dok vetar maše zastavama sa žutim i belim krstovima. Ako je u Akvarosi bio niži od onog zida i bregova, u Helsingborgu je napokon postao Pepe Bebo, gospodar visine. Samo je delovalo nemoguće da Pepe sa onog zida vidi more i Dansku; video je popodnevnu zemlju Akvarose, crnju od mastila, širu od Eresundskog moreuza, koja iz Alesijeve glave nije htela da izađe ni ako je vikao „Izađi!"

Preokret u njegovom životu odigrao se prilikom selidbe njegove firme u Geteborg. U najužem krugu porodice i prijatelja svi su doživeli promenu kao uspeh, jer šta je drugo nego to preseliti se u veći i lepši grad, a Monika će, zahvaljujući iskustvu i znanju, lako naći posao u drugoj školi. Ipak, iako se Alesiju oduvek činilo da je Geteborg pitomiji od Helsingborga, selidba mu je izuzetno teško pala. Najednom izgubi vetar s mirisom ječma i nađe nove, oštrije širine bregovitog grada. Najviše je žalio za izgubljenim zamkom. Ako je u Helsingborgu znao da se penje do zamka i posmatra ljude, Dansku, sopstveni život na moreuzu, u Geteborgu je prešao na tihu dinamiku tramvaja. U biti mu se Geteborg, kao grad čekanja, nežno približavao, zbog čega je osećao da će mu postati omiljeni grad: Monika mu se u zavičaju prolepšala; ritam života je odgovarao njegovim godinama; kao veći prostor, Geteborg je zadovoljio njegovu težnju ka otvorenim sredinama; sa gradskog aerodroma mogao je brže i lakše da putuje u Englesku i Nemačku, kud je ponekad morao zbog posla. Nesumnjivo zgodna perspektiva, ali sada, u trenutku u kojem nisu bile ispunjene sve potrebe i želje za Helsingborgom, bilo je još rano za to.

Čekajući tramvaje u Geteborgu, Alesio se uverio da je taj grad pogodan za posmatranje sveta i silazak u sebe. Konstatovao je da vrednosti ne zavise od mesta boravka ako su mu idoli decenijama ostali isti: Šerlok Holms i Rumenige, Mark Nofler i Žil Vern. Međutim, samom sebi je apsolutni idol postao on kada je imao desetak godina i verovao da je sve moguće. Niti je postojao grad u koji nije mogao da dođe, niti pustinja kroz koju nije mogao da prođe. Spavao je grleći atlas i njegove poslednje reči, pre spavanja, bile su *London, Minhen, Groningen…*

„Pravi čovek je dete, stvorenje koje misli da se sve lako osvaja. Kasnije, u životu, stiže racionalnost. Ali ako želiš da budeš pravi, kao odrastao čovek, treba da se vratiš iskustvu iz detinjstva" – tako je Alesio razmišljao u Geteborgu. To je značilo da mu detinjstvo nedostaje, mada bi bilo nemoguće doživeti iznova sve što je već doživeo. Pitao se zašto mu se u misli vraća Đilda i šta se krilo iza onog zida. Zašto Pepe Bebo nije govorio o tome? Možda je tamo bio voćnjak, čiji su slatki plodovi hranili Pepeove elastične mišiće, koji su valjda zbog te božanstvene hrane postali jedinstveni. Zar je moguće da dete ćuti o tome? Zar nije detinjstvo doba bezazlenosti? Ne, tamo su verovatno veseli seljaci, muškarci u košuljama boje krvi i žene zamandaljene u belom, obrađivali zemlju pod suncem, žvakali narodne pesme, osvežavali se sumpornom vodom iz bunara. Ali zašto nisu jurili motikama dete koje im, u ime fudbalske lopte, uništava lepe plodove zemlje?

III

U Skandinaviji bi s vremena na vreme naišla druga faza, intenzivniji talas obaveza zbog kojih je Alesio prestao da mozga o Akvarosi, Đildi i onom zidu. Njegov san iz detinjstva bio je napokon ostvaren: živeo je tamo gde čoveka, u smiraj dana, očaravaju zimske atmosfere. Putovao je brzim vozovima prema Skaniji svoje mašte i još severnije, prema Norveškoj. Ako je njegov život bio putovanje, Švedska je zasigurno postala glavna stanica u njemu. Reč nije samo o zemlji u kojoj je Alesio živeo i radio. U pitanju je bila simbolička težina Severa, koji je sve što ljudi u Akvarosi nisu bili. Posao ga je pokrenuo na putovanje vozom po južnoj Švedskoj: Lund i Malme, Helsingborg, Istad i Treleborg, po zelenkastoj ravnici, kod mudrih ljudi sa drukčijim načinom doživljaja sveta, koji se ne druže stojeći na trgovima, ne galame, ne pale vatromet svakog dana.

Uistinu, naišli su i trenuci slabosti. Alesio je, doduše iracionalno, ostao u ubeđenju da je zid još tamo, da Pepe radi kao profesor fiskulture. Đilda je tada mogla da ima četrdeset godina, a sada je, ako je bila živa, sigurno u sedmoj deceniji. *Eh, Đilda, Đilda, kad bih znao kako si!*, ponavljao je Alesio čekajući predstavnike jedne engleske firme na Aveniji u Geteborgu, ne očekujući da će mu misao tog jutra poslednji put pobeći u Akvarosu. U pola deset zazvonio mu je mobilni telefon: „Ljubavi, ne mogu da čekam, moram da ti kažem da sam trudna!", rekla mu je Monika plačući. U suncu je bronzana skulptura Posejdona blistala, dominirala

Avenijom; u vazduhu je miris mora vukao na znani ječam iz Helsingborga: *To valjda nose brodovi*, reče sebi sa neočekivanim, ali znanim zadovoljstvom. U atmosferi opšteg optimizma, u kojoj su svi oko njega bili ljubazni, u nordijskom suncu koje mu u detinjstvu beše važnije od svega konkretnog i apstraktnog, od ljudi i stvari, Alesio se preporodi. Geteborg mu postade omiljeni grad, odvede ga zauvek od Akvarose, Đilde i onog zida.

CHINA GARDEN

Malme, trg Melevongstorjet. U restoranu *China Garden* gosti jedu prženo. Napolju kiša sipi. Mokri trg ne liči na sebe, premalo je kupaca oko tezgi. Nebo izgleda kao mermer koji ni danas suncu ne daje šansu.

U restoran ulaze dve žene, jedna znatno mlađa od druge. Sedaju do velikog prozora s pogledom na mokar svet voća i povrća, mirisa Orijenta, vozila u uređenoj saobraćajnici. Spuštaju tašne i kese pune namirnica na kojima piše – *ICA Supermarket Söder*. Mlađa se zove Ljiljana. Lice joj je crveno od besa:

– *Rekla sam da neću i neću! Želim da živim ovde, šta će mi kućerina u Kragujevcu?*

Starija je sasluša mašući glavom, pa odgovori:

– *Neka sine, neka ti se nađe nešto dole, da barem kad odeš imaš gde da spavaš.*

– *Koješta! Dva sprata da bih spavala? Dovoljna mi je jedna soba!*

– *Treba da se raduješ što tvoj otac misli na tebe...*

– *Da se radujem što me obavezuje?*
Utom stiže kineska konobarica u belom:
– *Izvolite!*
Ljiljana je saseče pogledom pa joj se najzad obrati:
– *Ja ću pržene rakove sa slatkogorkim sosom. A ti, mama, šta ćeš?*
– *Joj, u ovom mirisu! Hajde, piletinu.*
– *A sos?*
– *Ne mogu sos, naruči mi samo piletinu.*
– *Dobro onda, za mene prženi rakovi sa slatkogorkim sosom, a za nju pržena piletina bez sosa* – naručuje Ljiljana na besprekornom švedskom jeziku.
– *U redu. Želite li nešto piti uz jelo?*
– *Ja ću koka-kolu. A ti?*
– *Kiselu vodu.*
– *Jedna kisela voda i jedna koka-kola.*
– *Važi, hvala!*
Konobarica odlazi, a majka se ne predaje:
– *Ti bi mogla, lutko, da se ne zameriš ocu kad te on toliko voli. Nemoj da ga razočaravaš...*
– *Mama, prekini! Kakve veze ima ljubav sa time! Kako ne razumeš da mi podrška treba ovde i sada? Vi kao da živite u Srbiji, niste se nimalo prilagodili ovoj zemlji! Ni jezik niste naučili kako treba.*
– *Eto, napravili smo tebe tako pametnu, pa nisi ni srpski htela da naučiš...*
– *Ma daj! Kad nemaš argumente, počinješ da lupaš gluposti!*
– *A ti? Kakve argumente imaš?*
– *Meni je život ovde, ne za pedeset godina u Srbiji!*

– *Na kraju krajeva, to su njegove pare i on ima pravo da ih troši kako god želi.*

– *Slažem se, ali meni ne pada na pamet da odem da živim u Kragujevcu!*

Stiže hrana. Žene spuštaju glavu. Oko njih lebdi sigurnost da je mnogo toga ostalo nedorečenog. Na belim tanjirima roze boja oko prženih rakova podseća Ljiljanu na čoveka koji joj je jutros rekao: „Volim miris lipe kad cveta, baš dok se približava moj rođendan." Ljiljana brzo jede i još brže misli: jeste, u Malmeu je konačno stiglo vreme odluke, treba obavestiti roditelje o Muhamedu i trudnoći, promenama sadašnjosti i budućnosti; majci možda neće slomiti srce, jer je Muhamed fin i ozbiljan čovek; ali otac neće hteti ni da čuje da mu zet nije Srbin. Zašto je baš on morao da bude takav, ako njegovi prijatelji izgledaju toliko otvoreni? Sada Ljiljana oseća napad besa, posledicu svih ograničenja i zatvorenosti pripadnika dijaspore koji govore samo maternji jezik, druže se isključivo sa 'zemljacima', uvažavaju jedino svoju nacionalnu hranu. Uviđa sopstvenu egzistencijalnu bedu, nemogućnost da bude stvarno srećna, da koristi blagodeti Skandinavije, da ne bude samo na papiru građanka Švedske. Zašto njeni roditelji odbacuju slobodu? Zašto joj je otac okovan na Balkanu? Zar tamo nije bilo ratova, nemaštine?

Utom Ljiljana podiže pogled: pored tezge, usred trga, mladić drži kišobran i crvenu ružu, kao da čeka devojku. A njoj bi nelagodno u restoranu *China Garden*, gde, bez obzira na kišu, dan teče uz orijentalnu muziku. Lepo je što Muhamed takođe voli kinesku hranu. I on se rodio u Švedskoj krajem osamdesetih, i on ima drugo poreklo. Dok majka jede i ćuti, Ljiljana se ogleda u praznom tanjiru, pokušava da dokuči suštinu svog života. Tri stvari su joj bitne – Muhamed, roditelji, posao – i ona mora da ih sačuva. Uverava se da ima prostora za objašnjenje, možda uz pomoć prijatelja jugoslovenskog porekla, koje njen otac voli.

– *Hajmo odavde, sine* – žali se majka po završetku obroka – *ovaj miris mi je prejak.*

Ljiljana više nije ljuta. Majka sada, pred njenim očima, umorno deluje. *Nije lako provoditi dane između dve vatre*, govori dobar glas u njenoj glavi.

– *Mama, moram da ti kažem nešto* – izusti tiho, sa osećanjem frustracije.

– *Hajde, sine, možeš usput* – zbrza majka, koja već stoji sa kesama, presrećna zbog odlaska.

Izašavši iz restorana, Ljiljana baca pogled na šaroliko voće, markantno na sivom trgu. Po ko zna koji put oseti da Malme istovremeno jeste i nije njen. U pravu je Muhamed: grad ne čine stanovnici i zgrade. Grad počinje kod kuće. Grad je u glavi.

CI ĐUVANO

Ci Đuvano, starac iz naše ulice, bio je dobar čovek. Miran čovek. Sedeći ispred vrata svoje kuće, pričao mi je o Drugom svetskom ratu, koji je većinom proveo kao mladić u zarobljeništvu, u rukama engleske vojske. Nikad nije pominjao užase rata, nemaštinu, mrtve i ranjene. Radije je govorio o iskustvu, za njega pozitivnom, u sabirnom logoru. Mnogo je poštovao Engleze, smatrao ih je pametnim i od njih je u životu naučio više nego od roditelja. Sebe je smatrao prostim seljakom, koji je u životu imao sreću da sretne pametnije od sebe.

Englezi, koji su ga zvali *Džon*, učili su ga mnogim poslovima, a on se uvek isticao dobrom voljom, zato što je odrastao u patrijarhalnoj porodici i bio naviknut da se pokorava osobama većeg autoriteta, kojih je u našem kraju, da budemo iskreni, uvek bilo u izobilju. Međutim, ako je našim poljima, pre i posle rata, davao krv i znoj, ne dobijajući ništa zauzvrat, od Engleza je Ci Đuvano dobio na poklon najuzbudljivije iskustvo svog života i bogat fond engleskih reči. Jer, on je govorio engleski, govorni engleski regruta vojske Njegovog veličanstva kralja Ujedinjenog Kraljevstva Velike Britanije i Severne Irske, koji su poticali sa Midlandsa i maglovitih područja reke Tajn. Naučio je da izrazi na engleskom sve što mu je trebalo u zarobljeništvu, te je bio dovoljno radoznao da traži više; usput, naučio je da se obraća ženama, najvećoj zagonetki našeg kraja.

Drugi starci iz naše ulice nisu razumeli njegov jezik. Nije da su bili zlobni; jednostavno, bili su drugačiji. Nisu ni putovali ni doživeli sve što je *Džon* doživljavao u Africi tokom rata. Nakon iskustva u zarobljeništvu, Ci Đuvano je postao samotnjak. Nije voleo da se druži sa nekadašnjim drugovima, koji su ga sada smatrali filozofom, što otprilike znači „dosadan tip koji uglavnom komplikuje stvari". Za malo obrazovanja što je dobio, morao je mnogo da pretrpi: izolovanost u zavičaju, netrpeljivost prema primitivizmu i surovosti koji su još dobar deo našeg ubogog sveta.

Pitao sam se na šta je mislio Ci Đuvano po završetku rata. Sigurno je, kao mnogi drugi seljaci, zavrtao rukave i zaranjao gole ruke u našu vlažnu zemlju, iz koje priroda vadi vodu a ljudi život; oženio se lepom Marijom, jer je u nas bio običaj da mlada potiče iz istog sela odakle je i mladoženja; oblačio je lepo odelo i belu košulju prilikom praznika, da bi išao u varoš, gde se sigurno čudio zapuštenosti ulica i bahatosti ljudi. Sebe je smatrao poštenim, to je i meni priznao, zato što je *Džon*, kao džentlmen, bio svestan da plitkoumnost sela trijumfuje nad razumom. Nije mu promakla naša suština, prema kojoj je razvijao averziju. Stideo se, previđajući da svojim postojanjem oplemenjuje naš kraj i ljude koji u njemu žive.

Međutim, taj skromni čovek morao je nešto i da sanja. Verovatno je u snu sretao svoje roditelje nastradale u ratu; ponekad bi video scene svakodnevnog života na njivi, gde se seljaci motikama takmiče, svesni sopstvene lepote ali ne i prostaštva, u iluziji da će time izbrisati razlike u odnosu na obrazovane i mudre. Ako je sanjao naše smokve i breskve, bolje plodove nije mogao sanjati. Ipak, uveren sam da je Ci Đuvano u snu otkrio i zemlju engleskih vojnika; onda je video Englesku, onakvu kakvu je zamislio prema pričama oficira i regruta iz logora. Ali o tome nismo razgovarali dok smo pili kafu u našoj ulici.

SJAJAN PAR

Bila je iz Salerna, grada mora i bogatih ljudi. Njene tamne suknje iznad kolena privlačile su više pogleda od neba nad našim glavama. Svi naši muškarci su, u svojoj seksualnoj mašti, bili s njom. Njeno ime, neobično za našu ulicu, obećavalo je ono što se jedino njenom mužu ispunjavalo. On se zvao Antuono, bio je čovek neobične visine, kao da ni on nije rođen u Episkopiju, mestu vode i krivih sokaka u koje sunce ulazi jedino u podne, kad naši muškarci postaju razumniji.

Spasavala me je od ulične prašine. Lečila me je od fudbala. Drugari su me zadirkivali dok sam trčao prema njenim vratima kad god bi me s balkona zvala da dođem na palačinke. Penjanje do drugog sprata trajalo bi kao gutljaj vode. Dobijao sam jednu jedinu palačinku i gutao je začas. Antuono bi me tada pogledao blagim očima, crnim poput maslina i punim razumevanja. Dao bi još poneku on da nema stroge gradske gospođe koja, za razliku od seoskih, zna da deca nisu prasad.

Utakmica bi se nastavljala, na ulici, iako mi više nije bilo do fudbala. Nešto novo se zbivalo u mom srcu. Omađijan atmosferom njihovog stana, plemenitošću njihovih pokreta, nisam mogao da izbrišem utisak harmonije, blaženstva koje je vladalo gore, kod njih. Postajao sam iznenađujuće nežan, nisam više razumeo logiku fudbala, jezik lopte.

Dok se smrkavalo, tražio sam samo izgovor da izađem na ulicu – da li treba da bacim smeće? Da li su nestale tatine cigarete? Roditelji su ova pitanja pripisivali mojoj želji da se igram sa drugarima, koji su bili danonoćno napolju, u prelepom Episkopiju, gde je čovek morao znati da zaradi svoju sreću u životnoj borbi. Uveče je svetlo gorelo na njihovoj terasi: slušali su muziku, gledali neki film ili posmatrali zvezde u bezglasju. Živeli su kao što se u gradu živi, u harmoniji, protiv životnih zakona Episkopija, u stanju neopisive raznežensti koju sam slutio ne znajući da je definišem.

Antuono je bio bogat trgovac štofom. Uvozio je robu iz Indije i drugih azijskih zemalja. Putovao je često do Rima, Milana, gradova Evrope i sveta, odakle mi je donosio novčanice, markice i druge male predmete. Bez njega je Elena izbegavala čaršiju, koja je inače podmuklo širila glasine o njenoj vezi sa nekakvim biznismenom iz Salerna, navodno njenim bivšim, tajnim posetiocem Episkopija dok je Antuono bio na putu. Kao da je išta tamo moglo da promakne kolektivnoj svesti! Ali ja sam bio svedok njihove ljubavi: donosio sam im namirnice, kretao sam se stalno oko njihovog stana, kao vučica koja brani svoje mladunce.

Znao sam da Elena, kao rezervisana građanka, shvata ograničenja Episkopija.

Antuono je imao običaj da svrati kod nas na kafu. Jednom prilikom, u zimsko doba, došao je prilično kasno uveče. Bili smo još za stolom, pa mu je mama stavila tanjir punjenog eskariola. Tada mu je tata rekao:

– *Slušaj, Antuono. Ti znaš da te smatram svojim bratom i da veoma cenim tvoj uspeh kao preduzetnika. Međutim, nešto me već dugo pritiska, imam potrebu i obavezu da te nešto pitam.*

– *Izvoli, Vito, o čemu se radi?*

– *Nemoj da se ljutiš, ali ne znam da li si i ti saznao... u Episkopiju se priča da Elena ima belo stopalo. Da li si ti čuo za takve priče?*

– *Ah, šta ćeš, moj Vito, palanka mora da govori. Nemoj ti ništa da brineš, znam ja sve. Doveo sam je iz grada: jadna duša, ne pripada ovoj sredini.*

Danima sam mučio tvrde bombone sa ukusom anisa želeći da saznam šta znači *imati belo stopalo*. Raspitivao sam se kod staraca, a svi su mi potvrdili sumnje: u pitanju je opet bilo to, sumnjalo se da Elena ima drugog. Takve optužbe su se često čule u Episkopiju, gde je prvo pravilo za svaku ženu bilo *ne smeš biti žensko*. Nakon toga sam se još više angažovao oko „čuvanja" njihovog stana, kao da imam moć spasavanja njihove ljubavi. Nisam smeo da izgubim njihovu izuzetnost. I ja sam se distancirao od stvari i ljudi, kao Elena. Provodio sam vreme posmatrajući njihova vrata, pogotovo od jedan do tri, kada naš svet ruča i pravi sijestu, ulice postaju opasne kao u noćno doba i briše se razlika između muškarca i žene. *Elena je čista*, ponavljao sam trijumfalno u sebi, ne želeći da se njena dobrota ugasi.

U međuvremenu je Antuono daleko nadmašio skromne mogućnosti naše sredine. Javila mu se jedna multinacionalna firma koja trguje šetlandskom vunom. U Episkopiju se danima govorkalo samo o tome. On je prihvatio ponudu, ali je sada morao da se zadržava duže u Indiji, Velikoj Britaniji i Danskoj, odakle mi je donosio male drvene slonove, šarene novčanice, kovanice s rupom. Ljudi iz našeg sela dobijali su duvan i začine koje naše žene nisu znale ni da upotrebe, ali svejedno, „to nam je naš Antuono doneo". Mnogi, pogotovo oni koji nisu ništa dobijali, pričali su sada o novim ljubavnicama, aferama u Eleninoj porodici u Salernu. Navodno su joj uhapsili brata zbog korupcije i veze s kriminalom, što se moglo videti na njenom licu kad bi se pojavila na balkonu da prostire veš. Drugi su uveravali svet da Elena nema brata, već sestru, koja živi u Nemačkoj. Počele su da kruže pikantne priče o samom Antuonu: izmislio je nove poslovne partnere, ta njegova roba u naše krajeve nije nikad ni stigla, jer on ima ljubavnicu sa severa Italije s kojom se viđa, ostaje sve duže kod nje, a ona takođe bogata, njegovi uvoze egzotično voće iz toplih zemalja, on je čak i aktivan na milanskoj pijaci voća i povrća, gde su ga naši vozači zatekli u društvu sumnjive plavuše. Protiv tračeva nije pomoglo ni to što je Antuono vodio Elenu sa sobom kad god su to obaveze dozvoljavale.

Užasavale su me laži o Antuonu i Eleni. Oni su bili predstavnici čistog sveta, časni i moralni kao što su pripadnici razvijenih sredina, kojima sam i sâm želeo da pripadam. Sada sam već imao dvanaest-trinaest godina, razumeo sam mnogo više nego ranije i nisam hteo da mi glupe seoske priče zagađuju mišljenje o sjajnom paru. Antuono je bio moj uzor: dobar, inteligentan, fin. Elena žena s kojom i ja želim da provedem život, jer ću je ja takođe naći, u Londonu, u Amsterdamu, negde daleko, u slobodi.

Jednog jutra se oko česme u Episkopiju stvorila velika gužva. Čovek u zelenom prsluku, za mene stranac, pričao je strašnu priču: Antuona je odjednom jako zabolela glava; zatekao se u jednoj od svojih prodavnica u San Đuzepeu, ispod Vezuva; bol je postao nepodnošljiv, te su njegovi radnici morali da pozovu hitnu pomoć; na putu do bolnice, pao je u komu. Nisam morao da tražim potvrdu: čaršija je bez prestanka izbacivala vesti o njemu; naizgled su svi očekivali da ozdravi, ali ja sam znao ko se potajno nada da će Antuono *vodoravno ući u kuću*, što su naši starci govorili. Nikad neću zaboraviti atmosferu onih dana provedenih u iščekivanju. Plakao sam i kroz suze gledao kako svet na ekstremniji način ispoljava svoju narav: povučeni su se još više povukli; bahati su potvrđivali moralnu izvitoperenost, neizbrisivu, upečatljivu osobinu našu.

Nakon tri dana pojavila se umrlica sa njegovom fotografijom: *Antuono de Martino iznenada je preminuo u četrdeset sedmoj.*

Nekoliko nedelja je prošlo, a da me Elena nije pozvala na palačinke. Žene su se stalno penjale kod nje noseći teške kese sa kafom i šećerom. Ko zna šta i kako su govorile bezazlenom, pomalo bojažljivom stvorenju iz grada koje nije moglo da shvati zadrte žene

Episkopija. Posetile su je i naše najpoštenije žene, koje su u Eleni videle ono što žena treba da bude, milinu i otvorenost duha.

S vremena na vreme, u prodavnici ili na ulici, čuo bih da je Elenino vreme došlo, da se nešto gadno sprema. Navodno je Antuonova porodica imala primedbe na njeno ponašanje. Pošto je bila stalno zatvorena, nisam je viđao i nisam znao o čemu se radi. Ali jednog dana, negde posle podne, Antuonova braća su je bukvalno izbacila iz stana. Vukli su je za kosu niz one iste stepenice s kojih izgleda da je Vezuv na samo dva-tri kilometra od Episkopija, uz viku da napusti stan njihovog brata. Tada sam shvatio da je Antuono bio luksuz koji naša palanka nije smela sebi da priušti a i zašto je Elena drugačija od svih nas. Episkopio nije bio mesto za nju.

Tog dana sam Elenu video poslednji put. Čuo sam da živi u Salernu, odakle je došla. Prošlo je trideset godina od tada. Ne znam da li više zbog nje i Antuona, palačinki ili mog divljeg detinjstva, s vremena na vreme pomislim na nju.

JESEN U PROVINCIJI

ŽIVOT NA SELU
Dva voza dnevno. Jedan staje.
            Jirgen Teobaldi

„Ne može biti istina", ponavljao je u sebi Đinuco Kotena u svetlosti kasnog septembra, jer nije mogao da zamisli školsku drugaricu iz osnovne škole Menu Soriče sa više momaka *istovremeno*, u napuštenoj kući, na imanju kod Kukula. Komšije Frankino i Lisandro, navodno svedoci, očevici, prema nekim verzijama čak i učesnici tih večernjih događaja, na pitanje su mu odgovorili očima koje su postale velike poput kokošjih jaja. „Nisu jedini", šaputala je Asunta Soma, u poverenju, Đinucovoj majci. To je valjda značilo da je u večernjim satima između šest i osam, kad je selo vrvelo od muškaraca, svako od njih žvakao isto ime – *Mena, Mena*.

San Valentino leži na zahvalnim njivama koje gledaju pravo u Vezuv. Ako tamo sadiš paradajz, biće veliki paradajz; ako sadiš papriku, biće velika paprika. Dovoljno je kopati tridesetak santimetara ispod zemlje da bi izbila bistra voda, tajna plodnosti. Đinuco je znao za to veliko uzbuđenje zemlje u kojoj, pored poželjnog, raste nepoželjno, ali najnovije vesti o Meni Soriče, kao i pomisao na njene grudi u polutami, činili su da zaboravi poslovice San Valentina i fudbalsko prvenstvo.

Tog septembra je počela još jedna školska godina, njegova pretposlednja u gimnaziji. U učionici je bio još manje fokusiran – tamo je išao samo da ne bi dobio batine od strogog oca. I on bi na klupi žvakao isto ime – *Mena, Mena*. Beše skoro u sedamnaestoj godini, a već je znao šta je ljubav. Jednom je ispod mosta San Valentina zagrlio Rozetu Baketone ljubeći je svugde po maslinastoj koži. Bio je s njom i u pravom smislu, već nekoliko puta, u podrumu, dok su mu roditelji, na njivi, brali paradajz. Ona je došla u beloj košulji radi dostojanstva, bez hulahopki zbog vrućine, sa srcem u grlu zato što je bila zaljubljena u njega, divljeg sina San Valentina. Pošto ju je njen otac, komentarišući jedan sličan slučaj, upozorio: „Da si ti u pitanju, obesio bih te!", ali u isto vreme ne znajući da odoli ljubavnom uzbuđenju – završavala je svaki susret sa „majke ti, nemoj nikom da pričaš". I nije pričao, poštujući reči svog starog: „Ko nešto radi, taj ne priča o tome." On, naravno, nije bio zaljubljen u Rozetu. Imala je privlačno telo i nebo u očima, dabome, ali njega su tada opčinjavale bez mere prefinjene gimnazijalke iz Sarna, koje su se uglavnom družile sa odraslima. Rozeta, ako je htela, mogla je da sačeka da mu prva mladost prođe.

U tim godinama, u ravnici koja se sa sarnskih bregova proteže do mora, momci njegovog uzrasta živeli su za devojke i fudbal. Nikom nije palo na pamet da postoji išta drugo. Toga je verovatno bilo u Salernu i Napulju, ali u provinciji, gde olujni vetar brzinom od dvesta kilometara na sat obara stabla i bandere, i gde čovek rukama jede sveži paradajz sa solju, pa zaliva crnim vinom sa divljim anisom, nije postojala ni navika ni mogućnost da se drukčije živi. Zato žene nisu bile manje privlačne: u prodavnici i u crkvi, u belim košuljama, nisu mogle da sakriju privlačnost svojih snažnih tela. Ni Mena nije. Đinuco je još od početka puberteta najviše maštao o njenim nogama; nekoliko puta se probudio, oznojen i uzbuđen, pošto ju je sanjao. Sada nije mogao da veruje: najlepša devojka San Valentina, na imanju kod Kukula, sa mnogim momcima *istovremeno*? Ne, to su verovatno bile glasine, mada je Đinuco znao za staro pravilo San Valentina da „se ne saznaje samo ono što se ne dešava". Jedino mu nije bilo jasno otkud baš Mena, devojka koja najviše može da bira? „Na kraju krajeva, zašto bi to bilo čudno?", javljao se drugi glas u njemu. „I žene to vole, znaš, i ne manje od muškaraca", govorio mu je stari.

Poslednji put, sretnuvši ga u prolazu, još jednom mu je stavila do znanja da je neiskusan:

– *Gde si, Mena! Znaš, hteo sam da ti kažem da...*

– *Šta?*

– *Da... da se uvek srećemo na istom mestu u poslednje vreme.*

– *Pa?* – rekla mu je ona, dodajući *debilu jedan!* u sebi, a misao je bila toliko snažna da ju je Đinuco i te kako čuo.

Đinuco je sve češće hvatao sebe kako mašta o Meni na imanju kod Kukula. Zamišljao je scenu, uzbuđivala ga je ideja. Njegovi su drugovi nabavljali pornografske časopise, a on je kao pas tragač očekivao da će se kad-tad dogoditi čudo. Imanje Đenerosa Kukula, čoveka čvrstih principa, sa napuštenom kućom koju je čekalo rušenje, nalazilo se na petsto-šeststo metara od crkve, oko starog bunara. Đeneroso još nije mogao da je sruši i ponovo izgradi – a mnogo je hteo! – zato što je čekao građevinsku dozvolu, bez koje, kao što reče gradonačelnik, „kuća, nova ili stara, biće srušena". U međuvremenu su ga uznemiravale priče o tajnim seksualnim susretima na njegovom imanju, pa je svake večeri svraćao da brani svoje ili, ko zna, želeći da vidi Menu.

Đinuco je krenuo u osam, dok su se muškarci, nakon višečasovnog kartanja, vraćali kući radi večere. U suton su uličice San Valentina napokon ličile na napuljske sokake: poluprazne, u mirisu sosa od paradajza, u zvuku tanjira i pojačanog tona televizora. Ostavivši centar, uputio se prema njivi i osetio da mu rani jesenji vazduh ulazi u košulju. Vodili su ga mesec i crna linija poljskog puta između dva visoka reda paradajza. Na kraju njegovih koraka, dočekao ga je snažan glas:

– *Beži!* – iskočio je iz žbunja Đeneroso s lovačkom puškom – *beži ili ću pucati!*

Utom Đinuco pade i vide mesec u bunaru.

DAN KADA SAM UŠAO U TROJKU

Autobusi našeg grada bili su oduvek dupke puni. Novosadske linije su imune na povećanja voznog parka, manje-više uspešne racionalizacije, promene reda vožnje, otvaranja novih ulica. I pored svega, u novosadskim autobusima imao sam prilike da čujem najneverovatnije priče, da upoznam najzanimljivije ljude našeg grada, da se školujem i doznam svašta o lepom vaspitanju, fudbalu, drugu Titu, ishrani i ljubavi. Sreo sam ljubazne i opasne vozače, osetio sam francuske mirise i nepodnošljivi vonj tvrdoglavih koji u maju mesecu i dalje izlaze u vunenom džemperu i zimskom kaputu. Jedino što nisam uspeo da radim u novosadskim autobusima jeste da čitam. Ponekad bi se stvorile mogućnosti, na nekim manje opterećenim linijama, u rano letnje predvečerje, kad većina putnika više voli da pešači. Međutim, na kraju bi se uvek našao neko spreman da progovori, postavlja pitanja, svađa se. U prijatnoj septembarskoj večeri moje mladosti, sredovečna žena sa smešnom frizurom poput krošnje, koja je tada postala izuzetno popularna, počela je da tuče sina čim sam izvadio knjigu iz torbe.

Dugo sam radio u novosadskoj filijali poznate državne kompanije. Kad sam bio mlad, išao sam na posao osmicom. Čekao sam je na istom mestu na kom je pospani putnici verovatno i dan-danas čekaju. Priznajem da nisam voleo da tamo stojim, pogotovo na kiši i u magli vojvođanskog jutra, u mirisu nafte i betona. Bojao sam se da slučajno ne uđem u pogrešan autobus, to jest u trojku, što mi se dva-tri puta zaista i dogodilo. U dremljivosti zimskih čekanja primećivao sam da i oniska žena u dugačkom kaputu svakog jutra ulazi u osmicu, kojom putuje sve do studentskog grada (valjda je bila nekakva sekretarica na jednom od fakulteta). Tako je izgledao naš tajni ritual: u pola osam žena ulazi u autobus i ja bez razmišljanja za njom!

Bilo kako bilo, tog jutra je moje putovanje u prepunom autobusu neobično dugo trajalo. Zabrinuto sam pokušavao, ali nisam bio u stanju da se okrenem i vidim gde se nalazimo. Gospođa u dugačkom kaputu bila je tu, što je ulivalo sigurnost. Na jednom stajalištu je dosta putnika sišlo, pa je vozač, nakon nekoliko sekundi, ponovo krenuo: podigao sam oči i, videvši da smo na mostu, shvatih da jurimo trojkom prema Petrovaradinu! Tog jutra je bio zakazan važan sastanak na kojem je trebalo da se predloži moje unapređenje. Međutim, nije me toliko brinulo to koliko činjenica da gospođa u dugačkom kaputu mirno stoji, iako ne putuje osmicom.

– Pa dobro, gospođo, kud ćete vi? – rekoh joj razmišljajući naglas, ne računajući na to da me gospođa nije nikad videla, jer ljudi, dok čekaju autobus, uglavnom ne obraćaju pažnju na druge putnike.
– Šta vas se samo tiče, gospodine?! – reče ona ljutito.
– Ne, čekajte, ja vas pratim svakog jutra...
– Molim?
– Izvinite, hteo sam da kažem...
– Nemojte mi ništa više reći!
– Bože, gospođo, nesporazum!
– Manite se divana! Šta ste vi, neki manijak?

Sve su oči bile uperene u mene. Žena pored gospođe u dugačkom kaputu okrenu se i pogleda me s prezirom; bradonja u radničkoj uniformi očima mi je već obećavao batine. U celom autobusu nastala je graja, govorilo se o tome da i običan čovek, naizgled civilizovan, može u stvari da bude kriminalac, manijak. I vozač se okrenuo, usporio je vožnju, pitao neku staricu o čemu se radi, pa me je opsovao. Bojao sam se sledećeg stajališta, gde su putnici mogli da se sa mnom obračunaju. To se, doduše, i dogodilo: neko me je iz sve snage šutnuo u levu butinu, a starica zdepastog rasta me je kišobranom više puta udarila po leđima. Iako me niko nije jurio, trčao sam najbrže što mogu u pravcu mosta, sve dok vozilo nije krenulo udaljavajući se od mene.

Spasao sam kožu i unapredili su me u firmi, ali to mi je bila poslednja vožnja gradskim autobusom. Od tada sam išao uglavnom peške i biciklom, a retko kolima. Bez obzira na sve, nisam stekao odbojan odnos prema gradskom prevozu. Čak su mi nedostajali narodnjački optimizam i putnička solidarnost.

Novosadski autubusi su mi bučni podsetnici na pređašnje dane. Valjda zato, kad god sretnem trojku ili osmicu, brižljivo tragam za ženom u dugačkom kaputu.

PRVA LJUBAV

Neki su je sreli u osnovnoj školi: plava devojčica ili slatka brineta u mantilu. Neki su je poljubili na hodniku ili u dvorištu, pred kapijom, u sutonu. Ja sam svoju upoznao 1980. godine, u ulici Kazamonika, zahvaljujući porodici Maca. Čika Nikola Maca i tetka Kruna imali su petoro dece. U njihovoj kući upoznao sam svoju prvu ljubav, o kojoj su oni stalno pričali.

Bila je tužna, već onda. Unela je u moj život uzbuđenje i nešto nedefinisano, kao neki novi osećaj slobode. Imala je crno-plavi kostim, i bila je elegantna, tipično naša, sa prepoznatljivim milanskim stilom. Druge su bile dosadne i bezosećajne, crno-bele, ili vulgarne i demode, crno-crvene. A moja hrabra, neprikosnovena, večito nepredvidiva. Druge su volele dosadna nedeljna popodneva, a ona je blistala samo sredom, uveče, pod zvezdama, i plesala ludo pred devedeset hiljada zaljubljenih, koji su imali sreću da dišu zajedno s njom kad se takmičila sa stranim damama, uglavnom španskim, nemačkim i engleskim.

Voleo sam je kroz ekran, izdaleka. Kao svaka dečja ljubav, i ta je bila iskrena, sačinjena od dubokih osećanja, i naročito – bolna. Kad je nije bilo, leti, sanjao sam je na omiljenoj pozornici, u crno-plavom kostimu, gde je jedva hodala, a retko pobeđivala.

Tu duboku ljubav nosio sam sa sobom u školu. U osnovnoj je moj drugar Anđelo recitovao Kardučijevu pesmu *San Martino*. I mene je učiteljica pitala da li znam nešto napamet, a ja sam znao samo *Sarti, Burnich, Facchetti, Bedin, Guarneri, Picchi, Jair, Mazzola, Domenghini, Suarez, Corso*. Kasnije, na kraju osamdesetih, naučio sam i *Zenga, Bergomi, Brehme, Matteoli, Ferri, Mandorlini, Bianchi, Berti, Diaz, Matthäus, Serena*.

Svih ovih godina, za njom sam uglavnom plakao. Čak i u inostranstvu sam je tražio, i često nalazio na televiziji, u restoranu ili u kafani, zato što svuda ima ljudi koji je vole. Uprkos dubokoj vezi, nismo delili samo radost. Ona voli kad dođe latinski guru u stanju da je pokrene. Poslednji put, kad je došao filozof iz Setubala, osvojila je sve što se moglo osvojiti.

Kako godine prolaze, nije više toliko čulna, već samo raskošna. Ali ja je volim i dan-danas: kostim je onaj isti, crno-plavi, pozornica se još zove *San Siro*. Samo što se sada, kao odrastao čovek, katkada ljutim na nju. Zameram joj što ne voli da pokaže svoju lepotu i pravo lice. Ona me, onako nemoćna i poražena, podseća da je ljubav ljubav i kad je nesrećna.

TRAGOVI RODNOGA GRADA

*Život je vernost surovim lepotama,
ponekad i po cenu vlastitog života.*
Bohumil Hrabal

Lund. U zadnjem delu Gradske biblioteke, pored staklenog zida, odakle je prijatno posmatrati zimzelene biljke male bašte, Jovan Stanković je provodio starost čitajući *Politiku, NIN* i drugu srpsku štampu koja se u tom švedskom gradu, s vremena na vreme, pojavljivala. Sticaj okolnosti, ili možda skrivena želja, učinili su da u bezglasju biblioteke Jovan podlegne utiscima prirode iza stakla, pomno posmatra grozne jesenje kiše, te na rubu sećanja traži tragove rodnoga grada.

Jedne oktobarske večeri, dok su napolju osobiti oblici noći brisali poslednje dnevne zrake, Jovan je spazio tanki časopis koji nikad pre nije video. U tom magnovenju je, sasvim neobjašnjivo, kao da je u pitanju hotimičan čin, otvorio sedmu stranu, na kojoj je našao članak:

„Godine 2004. otplovio sam iz tirenske, vulkanske i grčke Kampanije, okrenute ka Zapadu i ukorenjene u latinitetu, iz zemlje ideja u kojoj nema srednjih intelektualaca, već samo genijalaca i nepismenih, i doplovio u ovu Vojvodinu visokih ženskih gradova, peska i slovenstva, gde mi se čini da sve, i vetar i reka i čovek, stremi ka Istoku i Jugu. Time sam ispunio obećanje iz detinjstva da ću jednoga dana osetiti večernju oštrinu i dočekati moćnu zoru Orijenta. Možda me je već tada rukovodila ideja da ti čak i najbleđa priča mnogo znači, ako je tvoja.

U međuvremenu, prošlo je deset godina. Sa glavom iznad Dunava dočekujem zoru, a pred noćnim titrajima novosadskih mostova žmurim, ne bih li žalio za zalaskom sunca na Tirenskom moru. U vojvođanskoj noći teši me Novi Sad. Gledam ga često sa Đave, odakle uvek osećam njegovu blagotvornu širinu. Između mene i njega nema barijere, pa možda zato ni suza, koja mi je jedina uteha uz svako razmišljanje o dalekom zavičaju, ne može biti posrednik između nas. Posmatram ga golim okom i čista srca, kako ga ne bih glorifikovao. Čuvam ga se u kišnom danu, kada o njemu valja samo divaniti i njegovo lice postaje naftno u baruštinama. Tada me odista podseća na engleske i škotske dane, pune suštine i surovosti, moje prve mladosti na Ostrvu. Ironija sudbine je htela da i sve ovo naše vojvođansko bude ostrvo, jer je ostrvo ono kada i zora i zalazak sunca imaju veze sa ravnom površinom. Na Siciliji je to more, ovde kopno.

Novome Sadu ne treba ništa u sunčanom danu, kada nije više visina, nego širina. Tada se iščuđavam, pa pomislim da je na kiši, kao maglina, trajao do oblaka samo, jer ga ni sunce nije obasjalo. Bio sam ja *tamo gore*, južnjački sam ga odmeravao. Nije ni dugmad otkopčao, jedva mi je reku pokazao! I, gle čuda!, kad god posmatram Novi Sad s visine, uvek naiđe neko s komentarom da je šteta što ovaj grad, eto, nije veći. Tek onda shvatam da slučajni (po)smatrač ne može da pročita Novi Sad, čije je lice Miroslav Antić upisao u najskriveniji kutak svoje duše. On ne može da dokuči njegovu samodovoljnost koja se zasniva na ravnoj površini, na nesagledivom prostranstvu duha, na dubini Dunava. Neka se zaustavi, taj nespretni (po)smatrač: neće moći da izdrži, *tamo gore*. On će hteti što pre da siđe, da zagrli grad. Shvatiće da se prema Novom Sadu ide kako se ni prema Njujorku ne može ići. Tamo se može stići, što je druga vrsta dolaska.

Pitao sam se nedavno, u kišnom danu, gde leži tajna Novoga Sada. Gradovi su kao ljudi, u njima nema savršenstva. I Novi Sad je takav: bulevar bi mogao da bude sujeta, a most zavist. Ulica Modene, bez saobraćaja, valjda je neprijatelj poezije, a čistina vazduha nakon novosadskog kijameta jeste spas pešaka od Klise do Petrovaradina, ali pre svega božji dar. Ako žmurimo pred njegovom golotinjom duha, taj grad privlači kao lepa žena, kao umetnost, kao poezija.

Zato i živi za večnost sa svojim protivrečnostima i nepravdama. I njegova jesenja slika jeste kamičak spektakularne Vojvodine, u kojoj geografija pobeđuje istoriju, nebo zemlju, žena muškarca. On postoji u našoj stvarnosti kao grad i kao pojam, kao misao o njemu i povodom njega. I kad je blatnjava periferija i kad je austrougarski blesak na Trgu slobode, Novi Sad biva i traje kao grad u kojem se govori i o kojem se govori i mašta od Šida do Kikinde, od Sombora do Vršca.
'Ti si stranac, a stranci ne poznaju Novi Sad', reče mi onomad subotički mašinovođa, čija je svaka rečenica bila retorički ispečena. Ipak, jezik osećanja može da bude samo jedan – esperanto duše, i koliko ja znam, čulima ne treba prevodilac. Katkada, u vetrovitoj jeseni, bizarna harmonija Novog Sada dočarava plemenitu, mističnu atmosferu otvorenog grada na Dunavu, koji legitimitet pronalazi u sopstvenom nebu. Zato, ljudi, nos uvis! Sa onom svojom širinom, Novi Sad ima istančano osećanje za nas, zato što sopstveno nebo ne skriva. To vam govori neko ko rado napušta surovost napuljskog sokaka, u koji ne ulazi sunce, da bi izašao na novi Napulj, beskonačno izvorište svetlosti kraj Vezuva."

U tami švedske večeri, Jovan je zaboravio oblik zimzelenih biljaka u bašti biblioteke. Stao je ispred stakla, iznova je preživljavao momente provedene u Novom Sadu. Neočekivana sinestezija prouzrokovala je raznaženost: video je svaki trenutak, mirisao je

Petrovaradinsku tvrđavu i Dunav. Išao je istim ulicama, razmišljao o izgovorenim rečima i čuo glasove maternjeg jezika. Sećao se negdašnjih jakih kafa, omiljenog restorana. Koliko je stepeništa trebalo brojati do njegovog stana? Behu mu dosadni gluvi meseci u Švedskoj. Previše bezbedni za njegovo shvatanje života, neopisivo promašeni za svakog ko je osetljiv na nordijsku otupelost.

Ispred biblioteke, Jovana je dočekalo nisko nebo. Zaboravivši bicikl, krenu kući peške.

DVA POZIVA

Na aerodromu Kastrup u Kopenhagenu brzi voz, eresundski, svakih pola sata povezuje Dansku sa Švedskom. Čudo tehnologije, moj prvi susret sa Skandinavijom po svakom povratku iz Beograda. Pošto su mi ovaj put izgubili prtljag, morao sam u kancelariju za reklamacije, gde su mi obećali da će mi ga u roku od četrdeset i osam sati poslati na kućnu adresu, u Lundu. Prijatno društvo iz Helsingborga, koje je ovaj put ulepšavalo moje putovanje, krenulo je kući prvim vozom. Sada su oko mene neki drugi putnici, iz drugih krajeva sveta. Dok čekaju, ćute, razgovaraju, pijuckaju iz plastičnih flašica.

Iza mene sedi crnomanjasta žena sa prepoznatljivim južnošvedskim akcentom. Ne bih je ni primetio, u ovoj gužvi, da nije počeo njen telefonski razgovor:

„Halo Svene! Heeej, Pia ovde! Evo me na Kastrupu, čekam voz za Malme. Jeste, vratila sam se! Joj, ne pitaj, moj Svene! Bila sam u selu, čekaj, kako se zove, San…

San… Dobro, to je neki njihov svetac u svakom slučaju. Ha-ha-ha! Jeste, i to što kažeš. Bila sam i u Napulju i u Salernu. Da… da… da…

Ej, da vidiš čoveče. Ne pitaj, znači, dosta mi je tih testenina! Jedva čekam da dođem kući da pojedem nešto konkretno. Ali najveći fazon je da tamo prodavnice zatvaraju oko jedan. Zatvaraju po tri-četiri sata, razumeš? Sve neke nebuloze, znači. Ma da! I tako ceo dan ništa ne rade pa se najedu. Inače je toplo, boli glava. Ne možeš ni da zamisliš koliko je toplo! I ne daju…

Šta kažeš? Da, u pravu si! Čekaj, šta sam htela da kažem… Ah! Oni neće da putuješ kad si tamo. Kažu, za Amalfitansku obalu treba ceo dan. Nije tačno, ja to mogu obići za dva sata! Šta kažeš, s kim sam bila? Moj drugar koji se venčao, on tamo živi, a ja sam kumovala. Ajoooj, on ne zna šta će sâm sa sobom tamo ceo dan, pa samo jede! Rekla sam mu da se užasno ugojio. Već liči na njih tamo!

Jesi li? I ti si bio tamo? Ma ne, varaš se, to je na severu Italije! Oh, pa to je drugi svet. Dobro, moram priznati, Napulj je bio zanimljiv. Znači, zanimljiv grad. Samo kad bi čovek sve obišao… Ali tamo nemaš vremena da obiđeš gradove: loši su im putevi pa nemaju vremena, jedu. Čoveče, da vidiš ono venčanje, nikad nisam videla toliko hrane na jednom mestu. Svašta jedu, znači. Da. Eh, baš tako!

Šta kažeš? Kada? Ne, ja nisam oduševljena sladoledom tamo. Probala sam ga i u Salernu, ali ništa. Naše kugle sa ukusom borovnice su mi ukusnije. Hajde, bilo je lepo u selu, u redu, tamo gde sam bila, gde mi drugar živi. To je fino mesto. Tamo je bila neka Marija.

Stvarno devojka super peva, znači. Pevala je u crkvi. Imala je još i super aparat. Ona i njen dečko. I to venčanje mi je bilo zanimljivo. Hajde, venčanje…
Inače, oni ne rade ništa. Samo jedu. Znaš ono kad ti nije više ni do čega, eh tako sam se ja osećala! A hrana nikakva, majke mi! Masna! Ne možeš toliko da jedeš! Na venčanju pevaju napolitanske pesme i još neke popularne stvari. A hrana nije bila bogzna šta. Sardinija mi je ostala u sećanju zbog hrane, a ovo… Razočarala sam se!
Da, baš tako! I onda, svi se slikaju. Sve vreme se slikaju! Bio je čovek, dobrica, Antonio neki, znaš kako je bio dobar! Ništa ga nisam razumela, govorio je samo napolitanski. On me je samo gledao i govorio: 'Sinjorina, sinjorina'. Kad god bi me video u selu: 'Sinjorina, sinjorina'. Hahaha! Kakav lik! Ali prijatan, onako, lepuškast.
Kako? Obilaziti? Moj Svene, za sve treba otići u Salerno. Znači, iz Salerna kreće trajekat za Kapri u osam ujutro. A kad ću ja biti u Salernu u osam ujutro? Ma bez veze, čoveče, treba sve obilaziti kolima. Tamo bi trebalo da se napravi tunel, da se brže dođe do obale. Ali nema tamo infrastrukture, nema posla, žale se. Samo je smeštaj bio dobar. Hajde, kuća je lepa, ona njegova ima firmu. Hajde, para ima. Ali skontala sam da ne govore ni italijanski. Sve neki dijalekat, napolitanski valjda, nemam pojma. Znači, znala sam da kažem nešto na italijanskom pre puta, ali sve sam pozaboravljala.
Halo! Svene! Halo! Tu si! Halooo! Eh, jebi ga!"
Nakon kratke pauze, počinje nova konverzacija:

„Gde si, Ingrid! Ovde Pia na telefonu! Evo me na Kastrupu, čekam voz za Malme. Jeste, jeste, vratila sam se! Ne pitaj! Bila sam u mestu, čekaj kako se zove, ne mogu da se setim kako se zove. Uglavnom kod Salerna i Napulja. Da, kumovala sam kod drugara koji se venčao. Da vidiš kako je tamo, sve vreme samo jedu i piju vino… Bio je i jedan čovek, lepuškast, simpatičan, Antonio neki. On se pravo zaljubio u mene! Samo je govorio 'sinjorina, sinjorina', ali ga ništa nisam razumela, veruj mi!

Kako? Ma ne, kakva ljubav! Nego, samo jedu, ništa ne rade, samo jedu! U pravu je Angela Merkel! Da vidiš na šta to liči… "

Utom stiže voz. Putnici ulaze bez guranja, kako se u Skandinaviji ulazi, i pogledom traže slobodno mesto. Ženin telefonski razgovor traje, zatvaraju se vrata i ona počinje da viče:

„Čekaj! Izvini, Ingrid. Čekaj! Bože, moj prtljag! Stani, moj prtljag! Stani! Jao, Ingrid, moj prtljag je ostao na peronu! Neee!"

Voz ulazi u tunel koji prethodi Eresundskom mostu. Žena brizga u plač, u besu počinje da kritikuje loše vozove, glupe mašinovođe…

Fin čovek smešten kraj prozora podiže pogled sa novina i gleda je sa iskrom zadovoljstva u očima.

ŽENSKI MAKARONI

Rođen sam u Švajcarskoj, od majke Belgijanke i oca Italijana. U detinjstvu sam letnje doba provodio u malom gradu na jugu Italije, u Kampaniji, gde su mi živeli baba, deda i dobar deo rodbine. Bilo je važno upoznati taj kraj, slikovitost italijanskog jezika i lokalnog dijalekta, kao i otkriti lepotu prirode, u nezaboravim ukusima Mediterana. Suočavao sam se sa besmislicama i protivrečnostima dubokog Juga, gde te ljudi prvo posmatraju od glave do pete, a tek kasnije kažu *zdravo!* Možda sam tamo, u vrućini i mirisu ruzmarina, prženih pica i večernjih makarona s paradajzom, osluškivao sebe i silazio u dubinu sopstvenih želja. Možda sam tamo postao antropolog koji danas u Švajcarskoj predaje i piše. „Uvek najbolje analiziraju oni koji imaju jednu nogu na jednoj, a drugu na drugoj strani dvaju svetova", držao je moj stari profesor iz Tibingena.

Iskustvo u malom južnom gradu uverilo me je da u glavi tirenskog čoveka ne postoji ništa što može da zameni ženu. Ona mu je svetlost, pretpostavka i cilj. Ipak, on večito dobija garavu ženu, kojoj pripisuje izdržljivost, vernost i vatrenost, a sanja plavu, čiju plemenitost pogleda i nedohvatljivu svetlost ne ume da osvoji. Po pitanju žena, Tirenac je sačuvao neku vrstu primitivne mudrosti, iako nije nikad umeo da bude razuman i tolerantan.

Ponekad bi mi se čak i učinilo da Tirenac voli iz dosade, znajući da samo uz ženu oseća čar svoga vremena. Žena mu je jedina moguća lepota, zato što on ne zna šta je lepota prirode (iako živi u neponovljivim prirodnim okolnostima, nikako ne poštuje prirodu!). Kad god želi da dospe do lepote, Tirenac se osvrće na ženu, koja mu je prokleta i božanstvena, koju maltretira, ali i, ako treba, brani nožem.

Dokaz tog shvatanja žene može da bude razgovor kojem sam prisustvovao, ali ne i učestvovao u njemu, negde sredinom sedamdesetih, u Strijanu. U kasno popodne, ispred kafane *Piljuoko*, muški svet je posmatrao žene, psovao i kartao se. Za stolom, pod suncobranom, bila je to jedna od onih razmena stavova koje se pamte. Lokalni probisvet Alberto Kotena slušao je, ne bez osećanja superiornosti, pohvale geometra Đepina Fresele na račun njegove žene, izvrsne kuvarice, pa jedva dočeka repliku:

– *Vidim da te ona tvoja plavuša potpuno osvojila! Ali ti si mali, ne znaš mnogo o ženama. Shvatićeš kad-tad, ne sumnjam. Žena najpre mužu vadi. Time u našem kraju, gde se jedu makaroni s prelivom, ona najslađe ostavlja sebi. To ti je pravi primer ženske lukavosti: muškarac dobija kvantitet, a žena kvalitet. Njegova je porcija obilnija, ali belja. Njena manja, crvenija, ukusnija, bogatija prelivom. Tako ti je to, moj Đepino, u životu!*

– Moja prvo sebi vadi...

– Kako da ne! To radi možda kad lazanje pravi, jer je njihova suština očito na vrhu.

Za stolom je nastala tišina koja je u Strijanu, uglavnom, prethodila rastanku. Za susednim stolom, pod drugim suncobranom, sedeo je mladi Luiđino Fenela, ćelavi zidar koji je stanovao preko puta:

– Ja kad dođem s posla, mama mi odmah stavlja tanjir na sto. Prvo se najedem, pa tek posle komentarišemo zajedno da li je jelo bilo slano, masno, ukusno ili neukusno.

Na Luiđinovu konstataciju i filozofiju života niko nije reagovao. Svi su se pokupili i otišli. I ja sam krenuo kući, mada samo instinktivno, bez pravog razloga. Imao sam petnaestak godina i nisam mogao znati da ću zauvek pamtiti šta su ženski makaroni.

BELA ZAVESA

Zovem se Velimir, zakoračio sam u sedmu deceniju, živim u Novom Sadu. Šta bih mogao da dodam? Mogli bismo o mojoj rubnoj poziciji na lokalnoj kulturnoj sceni, te o mojim knjigama, osnovi moje poetike, širini moje imaginacije. Neki bi bili zabezeknuti, drugi zaprepašćeni. Usput bi bilo i oduševljenih. U svakom slučaju, u ovom što nazivamo životom, nije važno dokučiti široki smisao naših umnih i duhovnih sposobnosti. Ako smo srećni, to je sve što nam čini zadovoljstvo, sve što nam treba da bismo bili ljudi.

Po povratku iz vojske, sredinom sedamdesetih, počeo sam da pišem za list pokrajinskog značaja. Neko me je primetio u Beogradu i pomogao da se zaposlim u najvećem dnevniku naše zemlje, gde sam godinama uređivao kulturnu stranu. Sve što smo objavljivali u proteklih trideset godina, dok je Jugoslavija umirala i njene republike se pretvarale u nacionalne države, ne bi moglo da se opiše ovde i sada. Zastupali smo ideju slobode i slobodu ideja. Objavili smo mnogo priloga koje smo morali, ali i rane tekstove autora koji će kasnije postati vrlo poznati široj javnosti.

Ipak, sve to nije trebalo da bude moj život, jer sam se, u stvari, rodio da bih bio krojač. Ovo nisu samo puke reči, nego prava istina. Imao sam sedam ili osam godina kada me je majka vodila u malu krojačku radnju u Novom Sadu. Krojač u toj radnji bio je nizak čika s brkovima. Usred radnje držao je ogromnu belu zavesu iza koje bi nestajao, pa bi se vraćao sa komadima štofa, bluzica, šalova. Moja velika želja, kao deteta, bila je da zavirim iza te bele zavese. Ne znam da li sam imao sreću ili nesreću da to ne pominjem pred roditeljima.

Pristojna je odevenost bila karakteristična za našu porodicu. Tata mi je bio elegantan do fanatizma, mama prava novosadska gospođa. Jedne majske večeri ušli smo u krojačku radnju, gde nas je čovek dočekao neobičnim pitanjem:

– *Koliko ima godina ovaj vaš mali?*

– *U junu će jedanaest.*

– *A šta će preko leta, dok je raspust?*

– *Čemu dugujemo ovo vaše interesovanje?*

– *Nemojte me krivo shvatiti, gospođo. Mislio sam da bi dete moglo da mi pomaže nekoliko sati dnevno.*

– *Gospodine, uz dužno poštovanje, moj sin neće biti krojač u životu. Odličan je đak i mnogo očekujemo od njegovog školovanja. Moj muž je profesor…*

– *Jasno, jasno, draga gospođo. Čuo sam za vašeg cenjenog muža. Mislio sam da bi mi tako umiljato i pametno dete možda moglo biti od pomoći. Ne zamerite!*

Nikad više nismo ušli u radnju brkatog krojača. Mama me je sada vodila kod jedne stare žene, tetka Slađe, koja mi je poklanjala čokoladice dok smo tamo sedeli, nije imala belu zavesu i nije mi ponudila posao. Sećam se naših šetnji do tetka Slađe, u Novom Sadu šezdesetih godina, malom gradu u kojem je zelena boja ubedljivo pobeđivala sivu od proleća do jeseni. Leti me je oduševljavalo carstvo krošnji, ali kako je bila tužna naša zima ako bi se magla pojavila! Kao para je ulazila u kuće, obavijala ljude i stvari, dok je u gradu gospodario miris kuvanog mesa, lišća i konjskog urina. Za vreme školskog odmora, svi su velikim zalogajima jeli užinu (mada je bilo dovoljno hrane, bili smo večito gladni!). Nakon škole, s mamom do tetka Slađe, u nadi da ćemo se vratiti kod brkatog krojača, da otkrijem šta je iza bele zavese.

U prolećnim večerima, tihim kao na selu, vazduh mi se činio neobično čistim, kao u šumi. Retka gradska svetla behu žuta, pravi zraci slame. Ženske haljine, i inače duge na suncu, ispadale su još duže na izmaku dana. Vreme je teklo bešumno, sporo. Za sve se moralo čekati, što je stvaralo poštovanje prema stvarima i događajima. Svet je dugo čekao da biljka poraste, da se televizor upali, da platu zaradi. Bili smo strpljivi. Moj otac je znao da ćuti celoga dana, ali je rado govorio da je đavo nestrpljiv. Naše strpljenje je bilo rastegljivo: veliko šezdesetih, dovoljno sedamdesetih, malo osamdesetih.

Dok nas je Jugoslavija napuštala, krajem osamdesetih, nisam znao da će se zemlja toliko promeniti. Bio sam svakako svestan poteškoća i protivrečnosti našeg socijalizma. Nekad sam se nadao da će mlađe generacije uspeti da se dočepaju vlasti, mada je bilo jasno da stara garda pušta samo mlade koji razmišljaju kao oni sami. Tada se nešto novo zbivalo u meni. Osećao sam da je moj život u Jugoslaviji došao do zastoja. Sve mogućnosti sam već iskoristio, sve poljupce dao, sve šamare dobio. I pored svega, nisam imao hrabrosti da napustim zemlju, iako sam to od sebe očekivao.

U roku od petnaest godina, doživeo sam raspad Jugoslavije, režim Slobodana Miloševića, rat u Hrvatskoj i Bosni, sankcije, hiperinflaciju, manje i više krvave demonstracije, bombardovanje Srbije, ubistvo Zorana Đinđića. Umorio sam se u poteškoćama, naglo sam ostario. I dan-danas se, na raskršćima mojih sećanja, pojavljuje prizor stare krojačke radnje gde sam kao dete mnogo želeo da radim. Možda zvuči banalno i čudno da najviše žalim što sam ostao bez predstave o tome šta se krije iza ogromne bele zavese. Uostalom, zašto ne bi bilo tako? Sve se srušilo oko mene, pregazile su me godine, ali ja sam ostao čovek.

ZABRANJENO VOĆE

Sarno se bitno razlikuje od okolnih gradića zato što iza sebe ima, poput zaštite, ponosne bregove na kojima možeš da ljubiš ženu ili ubiješ čoveka, a da te niko ne opazi. Tamo si nevidljiv i sve vidiš, napiješ se vode iz kamene česme, posmatraš ravnicu prepuštenu suncu i plavičasti Vezuv, te ugledaš sopstvenu nemoć kad Mlečna brda nestaju u mraku, pa ti se čini da pred sobom imaš celi okean. Po tim bregovima, u letnje doba, srećeš umorne pastire, polunage, čiji su psi daleko brži od koza, jer ih privlače gušteri u nekom žbunju i ptice na grani.

Bregovi iza Sarna bili su uteha našeg istaknutog građanina, intelektualca i akademika u penziji, mog dede, koji je u zelenilu tražio ono što više nije mogao da nađe u ljudima. Pri kraju života, dve velike strasti behu mu priroda i nauka. Zimi bi samo pisao: u ćošku radne sobe, pored kamina, u neodoljivom mirisu duvana za lulu, sa ćebetom obavijenim oko nogu, izgledao je kao

Ruzvelt. Od proleća do jeseni obilazio je naše bregove toliko temeljno i pedantno da ništa nije moglo da mu promakne. Da je bio romanopisac, mogao je iznedriti veliko delo o Sijanu, Kvindičiju, Kapeli i Voškoneu. Ljudi su ga na našim bregovima prepoznavali i srdačno pozdravljali. Jednostavno, ponašali su se prema njemu kao da je nekakav zaštitnik teritorije i guru.

Svakoga dana, kada bi bilo lepo vreme (naše babe kažu da je u nas često lepo vreme), bio sam svedok istog događaja. Tačno u tri je stizao Pepe zvani Kos, mladi vozač iz Noćere, sa nimalo zahvalnim zadatkom da mog ekscentričnog dedu vozi do onih blagih visina odakle se mogu posmatrati Kapri i Kastelamare. Nastojao sam da se obavezno nađem u blizini, u nadi da će se deda slučajno setiti da me vodi sa sobom, što se događalo ako je hteo da proveri moju veštinu čitanja. Jer, on ne bi pošao bez barem jedne knjige: izlete je koristio da bi proverio moje znanje, zato što je silno želeo da nadživi smrt, da od mene napravi dostojnog naslednika.

Tog dana, negde na samom kraju juna ranih osamdesetih godina, deda je samo uzviknuo *hajde*! Bio sam srećan i pun adrenalina: ponovo ću posmatrati Sarno sa visine i pokazati kako odlično čitam; učestvovaću u raznim dogodovštinama i razgovorima sa simpatičnim ljudima: *Don Anđelo, prego!*, *Sinjor Anđelo, buongiorno!*, moglo se čuti po selima i putevima. Bio sam ponosan što sam njegov unuk i srećan što od svih dobijamo voće, povrće, pravi kozji sir koji miriše na sveže livade Sijana, rogač, divlju breskvu ili flašu svežeg mleka. Sve vreme je deda pričao priče, komentarisao prirodu i osobe, citirao mislioce, pominjao epizode iz rata, davao savete Kosu, koji je vozio i ćutao kao pravi profesionalac: ako bi deda rekao da nije dobro skrenuo, on bi klimnuo glavom, ako bi ga podsećao na brojne saobraćajne nesreće koje su se dogodile zbog sličnih grešaka, on bi pocrveneo.

Stigosmo oko pet na omiljeno dedino mesto, prostranstvo ispod ogromne trešnje, koja je tada bila u danima svoje najveće veličine i lepote. Odatle se bolje vidi čitav zaliv od Vezuva do Sorenta, pa čovek shvata da je Sarno malo mesto na geografskoj karti Kampanije, zrno peska u svemiru. Izašavši iz kola, Kos je dedi rasklopio stolicu. Tada je starac, inspirisan pogledom, izvadio džepnu knjigu crvene boje:

– *Mali, čitaj*!

Pošto se Kos, kao iskusni lopov, približio trešnjama, tražio sam dozvolu da se pre čitanja zasladim neodoljivim plodovima.

– *Ne može* – odgovori deda – *nisu za tebe. Čitaj od trinaeste strane!*

Rastužio sam se. Bio sam svestan da se deda ne predomišlja, da neću jesti trešnje. Učinilo mi se da sam kažnjen, ne znajući zašto. Nisam smeo da ga pitam – iznervirao bi se. Uzeo sam knjigu iz njegove ruke. Na koricama je zlatnim slovima stajalo: *Giulio Morari – Ljudi ljubavi i ljudi slobode*, a ispod toga datum: *1976*. Razočaran i ljut, počeo sam:

„Na severu Evrope sve je individualno u privatnom životu, a sve kolektivno u javnom. Na jugu, gde je sve tajno u javnosti a sve javno u privatnoj sferi, čovek se služi društvom kako bi ostvarivao lične ciljeve. Na severu su tajne male i one mogu, zbog same strukture društva, da se čuvaju. Na jugu jedino ono što se ne radi ne može da se sazna. *Što je na severu poznato, na jugu je tajno – i obrnuto.*

Južnjak je svestan da mu život pripada samo delimično, jer o sebi ne odlučuje samo on: porodica, društvo i država ulaze u njegov život i remete ga, donose odluke sa njime, katkad mimo njega, što potvrđuje da on drugima mora poklanjati deo sopstvene slobode. Srdačnost i velikodušnost drugih plaća žrtvovanjima u privatnosti, ali zato voli da se bavi tuđim životom: to je kompenzacija, jer on pretpostavlja da mu drugi neće dopustiti da se sâm bavi svojim životom. Možda se baš iz tog razloga oglašava o svakom pitanju, iznosi stavove, kritikuje, sudi. Severnjak, naprotiv, ne voli da se izjasni, ne brine mnogo o drugima, bira umereno ponašanje i malo govori. *Južnjak voli da govori, severnjak da sluša.*

Što se načina života tiče, jug i sever Evrope se radikalno razilaze. Na jugu su razlike između ljudi markantnije: važno je ako je čovek ružan ili lep, mršav ili debeo, pametan ili glup. Razlike su prihvaćene i negovane; ljudi dobijaju nadimke po nekoj odlici ili ponašanju. Na jugu pojedinac želi da se ističe i stalno se pita da li je pametniji od ostalih.

Na severu je jednakost opterećenje; tamo je bitno ličiti na druge, imati sve što drugi imaju. Prema tome, imati posao i plaćati porez jesu stubovi severne jednakosti, koja garantuje fleksibilnost u društvu. Na severu su siromaštvo i bogatstvo rastegljivi pojmovi, građani imaju otprilike iste mogućnosti i mogu lako da se obogate ili osiromaše. Čak i kad postoje privilegije za određene slojeve, one nisu vrlo bitne.

Na jugu, međutim, značajnije su razlike između bogatih i siromašnih, a često su potrebne mnoge generacije za promenu društvene uloge određene porodice. Na jugu se obično radna mesta i funkcije nasleđuju, poznate porodice uživaju u ogromnom poštovanju građana. *Dok je na severu bitno ime, na jugu je bitno prezime.*

Severni čovek je svestan svoje slobode i ostvaruje je maksimalno u prirodi. Slobodno se ponaša među ljudima, ne plaši se da će ga neko osuditi jer je, na primer, pocepao ili uprljao košulju. Za razliku od njega, južni čovek je slobodniji u svojoj kući nego u prirodi ili na ulici. Vapi za besprekornošću, pedantno čuva odeću i obuću. Ako krši određena pravila ponašanja, okruženje će ga smatrati necivilizovanim, bezobraznim ili čak ludim.

Severni Evropljanin je dobro organizovan. U svakoj prilici ima solidan plan i pokušava da ga ispoštuje. Prilagođava događaje svom planu i ne ume da se suoči s nepoznatim okolnostima, pa zato plaća veliki danak solidnoj stabilnosti i uređenosti života. Južni Evropljanin ne voli da planira. Ima svoju tezu/ideju, ali je navikao da teoriju prilagođava događajima, zna da se ponaša u novim, neočekivanim okolnostima i majstor je brzog reagovanja, snalažljivosti, izdržljivosti. Trajne polemike i sukobi u javnosti su mu naoštrili jezik i um – da bi brzo odgovorio, on mora brzo da misli.

Suprotstavljanja drugima su ga učinila jačim i borba za bolji život izdržljivijim, ali ga je surov život učinio i pomalo drskim. Smrknuta lica, na jugu, nisu retka. Južnjak je oprezan i ne smeška se bez razloga. Iskazuje svoja osećanja u krugu porodice i prijatelja, a retko s nepoznatima. Severnjak nije oprezan, već ljubazan; osmeh ne skriva, već ga smatra građanskom dužnošću; na ulici pozdravlja poznate i nepoznate; u radnji kaže 'dobro jutro' bez obzira na to ko je prisutan. Za južnjaka je ljubaznost pitanje etikecije; severnjaka ljubaznost ne košta, nego mu se isplati.

Južni čovek bavi se svim aspektima života i smatra da je kompetentan. Čak i ako ima oskudno znanje o datoj oblasti ili događaju, on *mora* naći razlog i objašnjenje da bi bio miran, da bi sâm shvatio i živeo u iluziji da drži stvarnost pod kontrolom. Događaje prati i preispituje kako bi bio siguran da je u pravu. Drugima ostavlja malo prostora za manevre. Strah od tuđe greške njegova je opsesija.

Severni čovek je naivniji, površniji, opušteniji. Budući da je rasterećen, ne preuzima celu odgovornost. Voli timski rad. Oseća se dobro u kolektivu. Jasna mu je jednakost prava i obaveza. Ima poverenja u druge i ne boji se da će oni pogrešiti. *Južnjak lično rešava gotovo sve, severnjak gotovo ništa.*

U pogledu žena, južni čovek je veoma aktivan. Ako voli ženu, kadar je da sve učini zbog nje ili da je zarobi. Ni žena-princeza ni žena-robinja nisu retkost na jugu. Severni čovek je, naprotiv, hladan i distanciran, što rezultira većom slobodom žene. *Južnjak ne zaboravlja dušu, a severnjak ne zaboravlja pamet svoje žene.*

U pogledu partnerskih odnosa, kao što je severna žena slobodnija od južne, tako je južni muškarac slobodniji od severnog. Ljubavne veze na jugu su neuravnotežene: u njima jedno mora imati prednost, muškarac ili žena. U većini slučajeva preovladava volja muškarca, ali taj utisak spolja može da bude lažan, jer su južne žene jake u privatnom životu. One mogu postati bitnije od severnih, ako je istina da severna žena nije vredna ni manje ni više od svog muškarca. *Na severu je preča sloboda, na jugu ljubav."*

– Ovo je divno rekao: na severu je preča sloboda, na jugu ljubav! Zapamti to i rukovodi se time u životu. Ja to nisam mogao, pre svega zbog Drugog svetskog rata, koji mi je oduzeo najbolje godine života – intervenisao je deda, pa je pogledom pokazao da nastavim. U blagotvornom vazduhu sarnskog brega, gde su trešnje mirisale na naš podrum, kao da sadrže vino, Kos je uživao u pogledu i ukusu. Ne verujem da je slušao i razumeo ono što čitam:

„Razlike između severa i juga Evrope tiču se i unutrašnje sfere pojedinca. Biti dobar na Mediteranu znači imati nekakvu veštinu, biti dobar u Skandinaviji znači poštovati pravila, ma kakva bila. Na severu, ako si dovoljno dobar, onda si dobar, mada se nikad ne hvališ, jer bi taj čin drugi osuđivali. Na jugu, gde stalno preti mogućnost promašaja i primedbi sa svih strana, ako si dobar možda nisi odličan. Južnjak se ne boji da kaže 'ja sam dobar', ali to lično pravo, koje je na jugu u stvari društveno, rado zloupotrebljava.

Konkretni primeri bacaju svetlost na razlike između ta dva sveta kad je reč o unutrašnjoj sferi. Na jugu te kao dete šalju u prodavnicu i ljute se ako se ne vratiš brzo i sa uspešno urađenim zadatkom, ako se ne guraš, nisi spretan ili ne znaš da se nametneš; tek ako to umeš, ti si ispravan! To je posledica mentaliteta po kojem južnjak svoj život smatra borbom i boji se da ga drugi ne prevare. Na severu je scenario malo drugačiji: tiho čekaš svoj red; ako se slučajno guraš, drugi te gledaju s prezirom. *Na severu, ako si tih i spor – voleće te. Na jugu, ako si tih i spor – poješće te.*

U suštini, južnjak neće nikad otkriti tajnu svoga blagostanja, niti će reći kojim putem dolazi do sreće. Stereotip da je južnjak uvek otvoren može biti lažan: on je u biti samotnjak, sam sa svojim razmišljanjima, sumnjama, tajnama. Živi u svetu sopstvenih i tuđih tajni, u igri ukradenih pogleda koji mnogo znače, u kodifikovanom kontekstu različitih, veoma složenih znakova koje treba tumačiti. Na sve to severnjak ne misli, jer je rasterećen i vedar, bezazlen i siguran.

Južnjak je osuđen na usamljenost među ljudima, zato što retko može da bude sâm: društvo ga ne ostavlja i njemu se čini da je u centru pažnje čak i kad racionalno uvidi da je nebitan. Da bi bio miran, on mora pretpostaviti da nekome nešto znači. Severnjak je pak usamljen baš zato što je često sâm sa sobom. Ne žali što je odvojen od ljudi, iako u samoći biva tužan i depresivan. Zbog svog nastojanja i navike da se izoluje, severnjak ima vremena za depresiju. *Severnjaku je samoća kazna, južnjaku spas.*

Na severu čovek sebe vidi kao deo sveta, jer u njegovom shvatanju života ima mesta i za druge. Na jugu čovek misli o drugima jedino ako su mu članovi porodice ili prijatelji. Ume da bude velikodušniji od severnjaka, ali je njegova velikodušnost selektivna, jer u njegovom mentalitetu nema prostora za sve što je javno/tuđe. Severnjak, naprotiv, ni s kim nije preterano srdačan, iako je sa svima korektan. *Južnjak te upoznaje, pa te možda poštuje; severnjak te poštuje, pa te možda i upozna.*"

– *Odlično! Odlično!* – uzvikivao je deda trijumfalno. Nadao sam se da će mi na kraju ipak dopustiti da jedem trešnje, pa sam ubrzao ritam čitanja:

„U Skandinaviji čovek može da živi sa malo ili čak bez prijatelja, zadovoljava se poznanicima, običnim pozdravom, formalnom ljubaznošću. Mediteranski čovek vapi za dragim ljudima, prijateljima, dubokim osećanjima. *Lepo je biti poznanik na severu i prijatelj na jugu.* Južnjak se pak druži bučno, toplo, preterano. Ne ume da krije ni radost ni tugu. Voli da ponudi gostima sve što ima, više nego što ima, ali ta velikodušnost uglavnom nije shvaćena kao plemenitost; pre će se kod severnjaka stvarati utisak da južnjak gori od želje da se pokaže, da se nametne, da ispadne bolji od samih gostiju. Severni čovek ne nudi više nego što treba, ne zaboravlja ostatak sveta dok se s nekim druži, ne otvara se, ne odstupa od svoje naravi. Sve se kod njega odigrava tiho, umereno, uobičajeno."

– *Da li si umoran?* – upita me najednom deda.

– *Ne, nisam* – odgovorih sa knedlicom u grlu – *samo sam hteo da pojedem šaku trešanja.*

– *Nisu ove trešnje za tebe. Slobodno nastavi ili uzmi hranu iz auta, ako si gladan.*

Iako sam naučio da deda uvek ima svoj razlog, doživeh njegovu odluku kao nepravdu. Nisam mogao da shvatim zašto mi je voće zabranjeno, ako Kosu nije. Od straha da ne dokuči moje razmišljanje, nastavio sam bez pitanja:

„Južnjak se boji vremenskih prilika: kiša je problem, vetar i sneg su katastrofa! Štaviše, on nastoji da ukroti vreme, odnosi se prema njemu kao prema ljudskom biću i bori se protiv njega. U Napulju, ako počinje da pada kiša, na svim tezgama se pojavljuju kišobrani. Kišobran je južni detalj; hodati na kiši je, na jugu, prosto nezamislivo! Na severu se priča o vremenu, kritikuje se vreme, ali ga se ljudi ne boje. Kiša i sneg su obične pojave. Postoje mitovi o severu i snegu, čije se postojanje primećuje u jeziku: Eskimi koriste preko dvadeset različitih imena za sneg!

Na severu Evrope ljudi sanjaju tople krajeve, gde će vremenske prilike biti bolje, ali nivo meteorološkog zadovoljstva je nizak – oblačni dan bez kiše u očima Skandinavca je lep dan, dok bi za Mediteranca bio zaista ružan! U klimatskom smislu, sever se češće pojavljuje na jugu negoli jug na severu. Južnjak pati kad je hladno, jer zima u njegovom kraju može da bude oštra; severnjak ne trpi kad je toplo, jer vrućina na severu nije nikad nepodnošljiva kao hladnoća na jugu. To nosi svoje posledice: južnjak se oblači bolje od severnjaka i zimi (da bi se branio od hladnoće) i leti (da bi se branio od vrućine).

Vremenske prilike utiču na ponašanje i navike. Na Mediteranu, ko je dobar mora biti besprekorno odeven, moguće je imati lepo odelo i lepe cipele, s obzirom na to da retko pada kiša. U Skandinaviji je pak važno imati lepe čarape: tamo će kiša i blato upropastiti cipele, u kućama se svi izuvaju! Osim toga, na severu nije bitna frizura (duva vetar, veje sneg, kosa ne može biti počešljana na ljubavnom sastanku!). Na jugu, ako čovek nema dobru frizuru, onda je gubitnik.

Što se znanja i kulture tiče, na severu Evrope ljudi su skloni tehničkim naukama, ekonomiji, ekologiji i svim predmetima koji se mogu lakše i efikasnije organizovati, koordinirati, kontrolisati. Na jugu vladaju neuredna kreativnost, umetnost, filozofija, književnost. Ima uspona i padova, ljudi su ili izvanredni ili vrlo loši, ima nepismenosti i genijalnosti.

Mediteranac živi s klasičnom kulturom koju ponekad zloupotrebljava, vređa, ruži, ali nikada ne zaboravlja. Skandinavac živi mimo grčke i latinske prošlosti, nije svestan da od njih i on zavisi. Smatra da civilizacija dolazi odozgo, zanemaruje veliku ulogu i zaslugu Mediterana. *Južna prošlost je veća od sadašnjosti, severna sadašnjost je veća od prošlosti.*

Južnjak se boji budućnosti za koju ne radi dovoljno dobro. Ima utisak da će budućnost, ma kakva bila, ispasti gora od prošlosti. Kod njega je jaka želja da se zaustavi vreme. Severnjak, naprotiv, beži u budućnost, jer se plaši slabosti i nedostataka prošlosti. Želi da nadoknadi, pokušava da ispuni prazninu iz prošlosti. Njemu se žuri; tačan je, ali raduje se što vreme teče.

Sever voli jug, ali ga ne poštuje, jug poštuje sever, ali ga ne voli. Severnjak po definiciji nema poverenja u južnjaka. Plaši ga se i smatra ga prevarantom. Zavidi mu na suncu i moru, zamera mu što svojom lenjošću i neozbiljnošću svet čini lošim. S druge strane, severnjaka južnjak smatra hladnim, bezosećajnim, preterano pedantnim i pomalo glupim.

Što se hrane tiče, različiti su ukusi i mirisi, ali i značenje hrane na severu i na jugu. Neretko čujemo: 'na severu se jede da bi se živelo, dok se na jugu živi da bi se jelo'. Niko ne može da porekne da hrana na Mediteranu prevazilazi puku nutricionu ulogu i biva estetika, uživanje, ponos i zanimanje. Pošto se svugde toli glad, hrana ostaje omiljena i na severu, ali tu se ni količina ni kvalitet ne mogu uporediti sa južnim. Na jugu čoveku pomaže sunce, ukusi i mirisi hrane su divni, ali porcije su velike i vreme obroka pogrešno (u osam uveče severnjak je pojeo svoj obrok, u devet južnjak još nije večerao).

Severnjak jede kad je gladan. Južnjak jede kad treba, iako nije gladan. Na jugu je šteta, a na severu nije greh biti gladan. Južni dan vrti se oko ručka i večere, a severni oko radnog vremena, čije su pauze prekratke da bi se pažnja posvetila hrani. Južnjak se hvali što je nešto jeo, severnjak komentariše hranu samo reda radi, dok s nekim jede.

Mediteranac voli da jede pred svetom i taj čin smatra predstavom. Pošto konzumiranje obroka dugo traje, on, dok jede, rado radi nešto drugo, priča ili gleda televiziju. Skandinavac bira miran kutak i tamo konzumira svoj obrok. Ali zato voli s društvom da pije. *Južnjak jede javno i pije krišom, severnjak pije javno i jede krišom.*"

Iako poglavlje nije bilo gotovo, deda me prekinu pokretom ruke:

– *Dosta je bilo. Vidim da si se umorio, ne čitaš tečno kao ranije. Ne valja čitati više od desetak strana, jer tada čovek izgubi volju. Zapamti: čitanje je radost obrazovanih i kazna nepismenih.*

Okrenuo se prema Kosu, koji je sve vreme gutao trešnje, kao gladan čovek koji mesecima nije jeo:

– *Jesi li proverio, Pepe, da li ima crva u tim trešnjama?*

Pepe se istog trenutka pretvorio u mermer. Otvori trešnju, koju je držao palcem i kažiprstom na desetak santimetara od usta: crv. Otvori drugu: crv. Treću: crv.

Deda me u tom času pogleda kao pobednik, te njegov osećaj pravde postade veći od samoljublja:

– *Zato, sine, trešnje nisu za tebe. Ko jede trešnje u junu, na bregovima Sarna, taj mora da je iz Noćere!*

Kos se naizgled nije uvredio. Osmehnuo se, sklopio stolicu pa nas je odvezao nazad.

ŠIŠANJE

Budite dobri prema ljudima ili vam neće doći na sahranu.
Bohumil Hrabal

Kad se njegov frizer preselio u Minhen kod kćerke, to Milovanu nije godilo. Ko će ga sada šišati toliko pedantno, lepo, pazeći na vrat, ne žureći oko ušiju? Pitanje nije bilo nimalo bezazleno. Raspitavši se kod prijatelja, nije dobio zadovoljavajuće odgovore. Kosa je u međuvremenu rasla, pokrivala dobar deo čela, uši i vrat. U početku je nalazio nova rešenja, otkrivao nepoznate strane svoga izgleda. Nabavio je novi gel u providnom pakovanju, po znatno skupljoj ceni, te je koristio lak s mirisom proleća. Najzad, pošto su mu mnogi skrenuli pažnju na neadekvatnu dužinu kose, koja ga je činila starijim i debljim, priznao je sebi da mora da nađe novog frizera.

    Obilazio je ulice obraćajući pažnju na natpise. Nisu dolazili u obzir zapušteni saloni ili objekti na kojima je stajalo „muški frizerski salon". Smatrao je da taj bitni detalj, *muški*, znači da je frizer navikao na staromodno muško šišanje, grubo i nedoterano, sasvim sirovo. Za svaki slučaj, rešio je da izbegava periferiju, gde se vazda osećao nesigurnim; uostalom, nikom ne bi palo na pamet, prilikom zakazivanja sastanka, da kaže „vidimo se na Telepu" ili „čekaću te kod crkve na Novom naselju"; svi govore „vidimo se kod Katedrale", „možemo da se nađemo u Dunavskoj" i slično. Tri stvari je ponavljao tihi glas u njegovoj glavi: da se salon nađe u centru, da ne bude isključivo muški, da deluje pristojno.

Tog proleća je kiša napadala u Novom Sadu. Olovno nebo je pretilo, tmasti oblaci su se skupljali neverovatnom brzinom već u prepodnevnim časovima, studeni vazduh nije napuštao grad, kao da je februar. *Trebalo je to predvideti*, strahovao je Milovan, jer je frizer s vremena na vreme pominjao mogućnost odlaska: previše troškova, visoki državni porez, velika konkurencija, sve je pretilo opstanku. Napokon je Milovan, u sunčanom mada hladnom danu, uočio lokal. Dobro ga je osmotrio, u potrazi za hrabrošću, pa je na kraju ušao.

Unutra su dve osobe, muškarac i žena, imale po jednu mušteriju:

– *Dobar dan!*

– *Dobar dan, izvolite* – reče žena.

– *Može li jedno šišanje?*

– *Može, ali ne odmah* – pokazala je ona prema starici i mladiću koji su sedeli i čekali.

Milovan je ostao nekoliko sekundi bez reči, držeći otvorena vrata, dok nije osetio da mora nešto reći:

– *Važi* – odgovori skoro rezignirano.

Zauzeo je mesto pored starice. U salonu je nastala tišina zbog njegovog dolaska. Zatim je frizerka uključila fen i završavala šišanje krupnog čoveka, time razbijajući atmosferu ćutanja, sve dok frizer nije skupio snagu da progovori:

– *Ja kažem isto, čemu ta priča o Kosovu? Gotovo je, idemo dalje!* – rekao je očigledno nastavljajući prethodnu konverzaciju sa ženom koju je šišao.

– *Ah, to recite mom mužu! On umire za Kosovom, a rođen je u Somboru. Majka mu je čak i Mađarica!*

– *Ti se najviše brinu, moja gospođo. Znam šta pričam, meni je tata bio sa Kosova!*

Tada je Milovan prestao da prati, ili je neko ponovo uključio fen. Nove misli su se rađale u njegovoj glavi: ako je taj frizerski salon bio na visokom nivou, zašto se nije primenjivalo zakazivanje šišanja? To mu je stari frizer stalno govorio: bez zakazivanja nema ni ozbiljnog rada ni srećnih mušterija. Pomislio je da bi mogao ustati i napustiti lokal, ali sada je već bio unutra, nije mogao da se izvuče; to su ipak bili njegovi sugrađani, koji su ga mogli prepoznati negde i ogovarati ga. Takva je palanka. *Bolje onda sesti i mirno čekati svoj red*, ču glas u sebi.

Pošto je krupni čovek platio i pozdravio, starica je zauzela njegovo mesto:

– *Kako je, tetka Jagoda?* – upitala je frizerka.

– *Kao starica, sine. Jutros sam bila na pijaci, ali dobro je govorio moj muž: četvrtak nije pijačni dan. I nije, bogami! Samo trulo voće, a one salate, da vidiš na šta to liči! List kao da je od gume. Nema više onih lepih puterica, svežih, hrskavih. Ja sam stara i sin mi živi u Holandiji, ali za vas mlade brinem.*

Frizerka je sve vreme radila ne obraćajući pažnju na staričine reči. Milovan je, naprotiv, sve primećivao. Nije mu se dopadao frizerov način rada, smišljao je način kako bi završio kod frizerke. *Kad ošiša ženu, on će primiti ovog mladića. Zatim će frizerka biti gotova sa staricom, pa ću kod nje*, planirao je kao onaj ko pravi račun bez krčmara. Pratio je frizerove pokrete, nesigurne i nespretne, užasno spore, te se ubeđivao da ipak nije dobro prošao. Dok su dva razgovora o Kosovu i pijaci trajala, njegove ideje su se izmešale sa nazivima voća i država, povrća i političara; vrzmali su mu se po glavi Kosovska bitka, mladi sir, srpski narod i dani graška. U toj šumi izraza i stvari, trudio se da razluči potrebne misli od nepotrebnih: iskusnije je delovala frizerkina ruka, smirena ali vešta, prirodna.

Frizer je imao lošu naviku, svojstvenu seoskim berberima, da se zanosi kojekakvim razgovorima dižući ruke od kose, kao da je tu radi debate. Njegov rad se odužio, ženi se očigledno nije žurilo, pa se na kraju dogodilo da je frizerka primila mladića, ostavljajući Milovana samog. Bio je poslednji i jedini, budući da u to vreme naši ljudi ručaju i odmaraju se, ili rade nešto drugo, ali svakako izbegavaju frizerske salone. *Tako je*, žalio se u sebi, *završiću kod njega!*

Seo je na stolicu sa ozbiljnošću kojom stidljive žene sedaju kod ginekologa.

– *Odakle ste vi, gospodine? Niste mi poznati...*

– *Ja?* – odgovori Milovan, kao da je pitanje neumesno, suviše lično. – *Odavde...* – promrmljao je, dodajući da kosu treba skratiti.

Frizer umuknu, kao da njegova želja nema nikakve veze sa zdravim razumom. Brzo je odradio zadnji deo, sredio je kosu oko ušiju i završio prednjom stranom:
– *Kako vam se čini, gospodine?*
– *Odlično, hvala* – izusti neiskreno, pa u sebi presudi: *grubo i nedoterano, sasvim sirovo!*

DAMIJANO

Za njega sam uvek bio *Don Alfonso*. Kad god bi primetio da idem našom ulicom, izlazio bi iz malene kuće, popravio čvor na kravati, prošao rukom kroz kosu te, smešeći se, izgovorio ono – *Don Alfonso*.

Zvao se Damijano i živeo je u mojoj ulici, u kojoj su se dvorišta sa šarolikim lišćem smenjivala u očima razigrane dece. Sećam se da je jedno vreme stanovao sa roditeljima: otac i majka, dve mirne i poštene osobe, trpele su maltretiranja svog malo drugačijeg sina. Nisu ga se bojali zbog njegovih napada besa (zar čovek može da se boji sopstvenog sina?), samo su se stideli i tiho se žalili. Njegov tata beše učitelj, izuzetno civilizovan čovek. Majka ženica uplašena svojom sudbinom, kao mnoge druge žene iz Palme Kampanije.

Kad sam kao dete čitao *Put oko sveta za osamdeset dana*, u opisu ekscentričnog Fileasa Foga pronašao sam Damijana. Kasnije sam tu književnu sliku zamenio za drugu, jednako snažnu, glavnog junaka pripovetke

La senjorina. U tim literarnim predstavama nalazio sam dokaz da ponekad stvarnost oponaša književnost. Damijano mi je možda indirektno pomagao da shvatim kako je književnost uvek individualna stvar: kad čovek čita, oseća se kao kad jede ili spava. Valjda zbog toga književnost priziva duboka osećanja.

Pri kraju života, Damijano je živeo potpuno sam. Njegova su vrata bila danonoćno otvorena, a on je provodio dane držeći šake na temenima, za velikim drvenim stolom, jedinim preostalim komadom nameštaja u polupraznoj kućici. Svake nedelje, u prepodnevnim časovima, krenuo bi u šetnju, obavezno sa šeširom i kišobranom, čak i po letnjoj vrućini. Tada smo ga nalazili ispred bifea *Moderno*. Podignute glave, kao seoski pas koji očekuje milovanje, bio je željan društva.

Jednom mi je ispred *Moderna* tražio cigaretu. Rekao sam mu da sam prestao da pušim i da bi mogao, sa tim stajlingom engleskog džentlmena, da puši lulu. On se tada zbunjeno osmehnuo. Ko zna da li su moje reči odjekivale u njemu kao njegovo *Don Alfonso* u meni.

VLAS

I

Našli smo se na autobuskoj stanici. Ona, on i ja. Bila je tužna jer će morati da se oprosti od obojice. Zagrlili smo je, a ona se pri rastanku trudila da sakrije tugu što se nećemo videti do proleća. Spremala se za tromesečnu turneju u Rusiji, jedinoj zemlji u kojoj pozorište, kako je volela da govori, „nikad neće umreti, jer je cela Rusija pozorište". Nas dvojicu su takođe čekale obaveze, ali u Beogradu: u našim redakcijama, koje vazda mirišu na staru kafu, provodićemo umorne sate uviđajući da je lakomislenost naša konstanta. Sitna kiša je rosila, autobusi su prispevali u stanicu i napuštali je kao velike kornjače. Ako bude plakala, rekoh sebi, odustaću od puta. Plakali su ljudi oko nas – majka sa poslednjim savetima za odlazećeg sina, sestre koje su grlile braću, stari prijatelj pokojeg penzionera čiji je odlazak mogao biti poslednji. Plakalo je nebo, koje se često, u njenoj zemlji, pre zore, osvetljava kišom.

Još pre no što smo krenuli, na peronu nam je okrenula leđa. U širokim farmerkama i sivoj jakni, uzdignute glave i s rukama u džepovima, kao nikad pre ovog rastanka, krenula je prema još jednom običnom danu. Takve su žene. Koliko strepe u sebi toliko su distancirane u javnosti. Ali tada nisam tako mislio. Ma gde se nalazila, žena je po meni bila samo krhko stvorenje koje muškarac treba da čuva.

U autobusu me je mučila misao na dan koji neću provesti uz nju. U gradu će kiša jenjavati, sunce će se igrati na reci, ljudi će ručati i gledati televiziju, šetati, ulaziti u restorane, u prodavnice, a mi nećemo gledati jedno drugo. „Zašto moram da odem?", ponavljao je glas u meni. Odlazak je postao moje stanje. Da bih sreo osobe i stvari izvan svog sveta, morao sam da odem. Da bih ponovo dobio sebe, morao sam da se vratim. Stanični sat, moj neprijatelj pri svakom odlasku, nemilosrdno je kucao – kazaljke su pokazale osam sati.

Na putu smo govorili o njoj, umetnosti, životu. On je sedeo do prozora. Sve vreme, dok je govorio, svetlost je obasjavala njenu dugačku vlas, koja je ostala oko njegovog vrata kad su se zagrlili na rastanku. Na putu sam imao mali deo nje, ali je bio kod njega. Počeo sam da tražim još koju njenu vlas na svom džemperu i pažljivo prolazio prstima kroz svoju kosu, dodirivao košulju i vrat, proveravao rukave. Ništa. Sudbina primenjuje ironiju, igra se s nama. Zašto meni nije ništa pripalo, pa čak ni njena vlas? U mračnom autobusu pazio sam da krhki trag moje ljubavi ne ispadne. On je odmah zaspao, ja sam pratio put. Promicali su razni gradovi, a retko smo pravili pauze od petnaestak minuta. On bi se tada probudio, ispružio ruke, smeškao se i odbio da napusti autobus. Međutim, na jednoj pauzi uspeo sam da je ukradem. Dok je oblačio jaknu, naglo sam ga zaustavio: „Čekaj, čoveče, imaš nešto na džemperu!" Bio je pospan i nije ni primetio da vlas vrebam satima, čekajući priliku da je zgrabim. Pažljivo sam je svezao za prst i nosio je kući.

Te hladne zime, radio sam od osam do četiri. Vraćao sam se u stan, jeo, čitao, pio čaj. Išao sam u kratku šetnju i zaspao uz knjigu ili TV program. Nisam obratio pažnju na druge žene, društveni život i sve strasti svog života. Njenu sam vlas držao u prvoj ladici komode, u čarapi, uvijenu u belom papiru, iako sam znao da je naša ljubav, zbog daljine, neostvariva. Uveče bih oprezno otvorio ljubavni trezor, sklapao oči, video nju i onaj grad na reci, uveravao se da sam živ. Tako sam mesecima, zahvaljujući jednoj vlasi, dolazio na reku, šetao po drvenom mostiću i odatle dizao pogled do zamka, osećajući nadmoć grada. Ponekad bih u brzoj reci prepoznao naše korake, odraz neba ili samo pahuljice snega na sivoj vodi. Ako bi na mostiću dunuo vetar, u vetru bih primetio pepeo, u pepelu protekle dane. Svet je tada postajao spor, vreme neprimetno. Znao sam da takve stvari čoveka teraju da mu oči zasuze ako se zadržava u sećanju. Vlas sam vratio u papir, papir u čarapu, čarapu u ladicu. Taj je ritual trajao i posle njenog poslednjeg pisma. Od tada je prestala da se javlja.

II

Prošlo je mnogo vremena. Stigla je još jedna zima sa svojim čajevima i knjigama. Sve već poznato, jedno veliko čekanje, priprema za smrt. „Ljudi duhovnog kova sve mogu da podnesu", reče jednom u mom zagrljaju, dok smo bili dvoje. U februarskoj noći, u vreme kada događaji prethodnog dana izmiču i snovi budućeg nastaju, stigao sam u njen grad. Sneg je na trgu napadao. Uličice su se same otvorile, privukle me do žutog pozorišta sa belim stubovima. Koliko puta sam sanjao da tamo ponovo uđem, zauzmem uobičajeno mesto u mraku, pratim nemu liniju njenih pokreta na bini. Ništa ne bi bilo čudno, suština života i jeste predstava. „Ne razumem ljude što uzaludno žive za *carpe diem*", govorila je. Za večnost živi jedino onaj svet glumaca iza pozornice, u prostorijama sa toplim nameštajem, u mirisima šminke, kožnih jakni, starog parketa. Tajnosti su tamo gde se glumci druže do zore: „Ti ljudi zaslužuju tvoje poštovanje, znaju velika dela napamet, Šekspira, Beketa, Brehta", govorila je. Jeste, uverio sam se da su glumci kulturni nadzornici, ukrotitelji našeg nemira, čuvari naše istine. Jer ima istine, ali kakve? Da li je istina da život teče i da će se nastaviti bez nas? Zar se pozorišne predstave nisu igrale, cele zime, bez mene? Padali su mi na pamet naslovi starih komada. Bilo je prijatno, nekada u jesen, u ovom gradu. Dok sam gledao predstave, mrak je oko mostića, na reci, gradio svoje nevidljive hodnike u magli, a grad su osvajale srednjovekovne misterije. Izgleda da je negde trebalo da se nađe, u prirodi, reka neobičnog naziva i toka: *Ohre, Ohře, Orže*, ne mogu da se setim tačnog naziva; na drvenom mostiću, uveče se čovek oseća kao na brodu u čarobnoj luci, ispred zamka. A gornji grad, dalje od reke, ima prozore kao oči. To mi je ona rekla. Htela je da me vodi u *grad koji ima oči*. Tada mi nije bilo jasno kao sada. Treba dobro slušati kad ljudi govore. Ljudske reči u starosti postaju neponovljive, dramatične i teške.

Nadao sam se da ću u pozorištu naći barem nekog od starih prijatelja. Sada mi se u gradu činilo da vreme nikad ne prolazi. To je bila iluzija: samo nad morem vreme ne prolazi, a grad nije more. Grad je kopneno čudovište, ulice su njegovi zubi. U moru ima talasa, u gradu ljudi. To znaju samo glumci: strahovita vodena istina ne može da bude gradska, ljudska. *A Venecija?* – upitah sebe. Venecija ipak nije grad, nego iluzija!

Na kraju predstave, ljudi i para izašli su na ulicu. Nije se stvorila gužva, kao kod nas, jer zima u onim krajevima nije vreme za nežnosti, a uostalom, čovek nema vremena za komentare. Malo mi je bilo neprijatno, jer sam se bojao da će me neko prepoznati. Koncentrisao sam se na reči koje sam hteo da izgovorim: „Došao sam da ti vratim tvoju vlas." Rešio sam da sakrijem neutoljivu žudnju za njom.

I tako sam je čekao, čekao. Poslednja stvar koju sam video, sećam se, bio je sneg.

III

Vojnomedicinska akademija

Kao i svakog dana od trenutka saobraćajne nesreće, došla sam u bolnicu da vidim da li mi je tata živ, da li mu je bolje. Nakon pola sata čekanja, pojavio se profesor koji ga leči:

– *Dobar dan, gospođo! Imam dobre vesti za vas: vaš otac od sinoć bolje reaguje na terapiju. Pomera prste na rukama i nogama, ponavlja nešto kao Ohre, Orže ili Ože. Da li znate šta je to?*

– *Ne znam, ne znam* – ponavljala sam plačući.

– *U svakom slučaju, sada je afebrilan i njegova klinička slika se polako poboljšava. Moja obaveza je da budem umeren i oprezan, ali ako se pozitivan trend nastavi, to su prvi znaci oporavka.*

KIŠNI DANI

Danas je u Lundu padala kiša. Izašavši iz voza, osetila sam prašnjavi miris betona koji mi napada nozdrve kad, nakon nekoliko suvih dana, konačno padne kiša. Hodajući brzim koracima i spuštene glave prema kući (ko hoda na kiši, a nema kišobran, gleda isključivo u zemlju), prisetila sam se kišnih dana u Noćeri, na Mediteranu, bogatom izvoru događaja, gde se živelo pod suncem i maštalo o dalekim severnim krajevima.

    U detinjstvu, ako bi krenula kiša dok smo se igrali u dvorištu, neko bi se sklonio pod trem, neko bi od lišća pravio kapu, a neko se vratio kući uz gunđanje roditelja. Drugar i komšija Mimiko Čekanjuolo morao je da se suoči sa besnim dedom, naoružanim cigaretama bez filtera i perfidnim štapom, koji bi ga jurio po dvorištu. Ja sam već onda uživala u skandinavskim slobodama: igrala sam se sve dok poslednje dete ne pobegne. Za decu je kiša, poput vetra, zbilja velika kazna.

Ponekad bi nas kišni dani iznenadili u kolima. Tada bi se vetrobran zaslepeo i morali bismo da otvorimo prozorčiće. Obično su kišni dani u kolima mirisali na plin i nisu mi donosili veselje, već samo osećaj izgubljenosti i tuge, straha pre dolaska kući. Na motoru su žene vozile jedno ili dva deteta, bez kacige, na raskrsnicama bez semafora, na klizavom asfaltu. Zbunjene oči one jadne dece nikad neću zaboraviti.

Moj pokojni deda nije podnosio kišne dane u Noćeri. Nepokretan, ljubitelj prirode, voleo je da sedi na trotoaru, gde je u kolicima razgovarao sa prolaznicima. Onima koji su se okupljali oko njega, poklanjao je priče o ponosu i časti, ljubavi i prevari. Pošto ga je život lišio slobode kretanja, deda je voleo da bude napolju, na vazduhu, pod otvorenim nebom, oličenjem slobode. Kad bi padala kiša, ostajali bismo unutra i razgovarali. Ponavljao mi je: „Deda je jak, znaš, videćeš kako će ustati sâm." Ja sam klimala glavom i ustajala svakih pet minuta zbog onog njegovog: „Proveri da li je napolju prestala kiša!"

Kišni dani u Noćeri kao da su nas vodili u drugi kraj. Posmatrala sam ih kroz prozor porodične kuće ukrašen crvenim okvirom. Mama je sedela sa mnom, pored prozora, i zajedno smo gledale mokru travu na kojoj su se pojavljivale okrugle figure. Od tih dana u porodičnoj kući ostaje mi tiho zajedničko gledanje kroz prozor.

Kišni dani na Mediteranu, u onom podneblju smeštenom preko granice nordijske mašte, neretko postaju oluje u stanju da škode poljoprivredi. Gromovi love ljude, životinje i stvari. Priroda besni, a čovek uviđa svoje skromne mogućnosti i ograničenja. Takvi dani su snažno menjali prilike i ljude. Najviše sam volela njihov završetak, naglo misteriozno razvedravanje koje osvaja vrhove bregova i bele zvonike.

Kišni dani, ovde u Švedskoj, ne sadrže nikakvu dramatičnost. Retko se događa nevreme, još ređe oluja. Ako pada, kiša ne šumi. Prihvatanje metereološke pojave, kao i prihvatanje smrti, Skandinavcima bolje ide. Možda sam zato jedino ja, u ovoj severnoj ulici koja miriše na Noćeru mog detinjstva, ozbiljno shvatila današnju kišu.

DVOBOJ

Nasilje je jednostavno; alternative nasilju su kompleksne.
Fridrih Haker

I

„Biće moja", rekao je sebi Čičo Žbarela. Uze pištolj, upali motor i krenu, kao da ide u grad, a psi su ga po običaju pratili sve do glavnog puta, gde je dodao gas i nestao iza krivine. Poput pokojnog strica, najvećeg bludnika u dolini reke Sarno, i on je bio spreman da pogine za ljubav. Imao je devojku mlečne puti s vatrom u očima, Aldu 'a Perceka, sitnu i lepu, jer „niske su za muževe, a visoke nek beru smokve". Na prvoj raskrsnici, pre kružnog toka, uplaši ga zeleni prizor malenog starog Sarna, koji zna za različite društvene slojeve, pa kroz njega ne može svako da prošeta uzdignute glave. Pogledavši čistotu neba, u kom je tražio oslonac, Čičo oseti prvu oštrinu oktobarskog dana, koja se javljala ispod košulje kao hladan nož. „Ako si častan čovek, to moraš biti do poslednjeg dana", govorio je pokojni stric.

Bregovi iza Sarna nisu mnogo visoki, ali na obroncima, na pojedinim mestima, znaju biti strmiji od samog Vezuva. Motor se mučio i time ga je podsećao da, dok se čovek penje, mora da okrene leđa reci i nebu, da gleda crni put vulkanskog brega. „Mora da je tako kad se umire", pomisli Čičo, poznat kao zatvoren muškarac surovog Sarna, u kom, ako previše govoriš, dobiješ ženski nadimak. U sebi se oglašavao mučeći se pitanjima o životu, budućnosti, Aldi. Zaprosiće je, uzeće se u Crkvi Svetog Alfreda, jer su tako njegovi radili odvajkada. Ako njen otac neće da je pusti, ukrašće je, i tada će morati da je pusti. „Ono što se ne dobija na silu, zauvek je izgubljeno", govorio je narod. Svejedno, mnogi su tako izbegli troškove i gnjavažu venčanja u crkvi.

II

„Biće moja", reče sebi Nino Fortunato. Za razliku od Čiče, bio je to školovan momak, mada mu to nije mnogo značilo kada ga je izazivao na dvoboj, kao ni sada, u trenutku obračuna. Krenuo je mnogo ranije na breg, ubeđen da je bolje poznavanje ambijenta moglo da odredi ishod sukoba. I kad je stigao *tamo*, u narandžastom trijumfu japanskih jabuka, nije strepeo zbog smrti, koja je mogla da ga zauvek porazi. Primećivao je prve gljive ispog hrasta, ubrao je pokoju voćku, s visine je posmatrao porodičnu kuću usred ravnice. Sve u svemu, ništa mu nije značila *ona reč* – Sarno.

Alda 'a Perceka bila je njegova Đulijeta. Više od godinu dana su se tajno sretali kod čajnih ruža, kao u napolitanskoj pesmi, a kad su ljubavnu vezu obelodanili, narod je bio zadovoljan sve dok se nije pojavio Čičo, niska duša sarnske periferije, nekultivisani tip koji nije umeo da poštuje zakone tankoćutnosti male Alde. Sada je trebalo braniti devojku od primitivizma, od pretnje Istorije, od sela koje može da proradi u svakom čoveku iz Sarna, bez obzira na njegovo poreklo i obrazovanje. Tu plemenitu misiju nije mogao da sprovede bez nasilja, a zakoni podneblja bili su mu sredstvo smelog plana.

III

Čičo je stigao na dogovoreno mesto u pola sedam. Sunce je već nestalo iza Vezuva, ravnicu je reka Sarno sekla bizarnom geometrijom, kao jednostavan projekat prirode. Koliko je strepeo, toliko je pokušavao da deluje flegmatično. Primetivši ga, Nino je pomislio na reči jednog pisca: „Sve velike istine su jednostavne." Sada je bio trenutak istine, kada su se dvojica suprotstavila kao stari Pelazgi antičkog Sarna. Nino je bio spreman da pogine za ideale, Čičo za čast.

– *Povuci se, momak* – doviknuo mu je Čičo drhtećim glasom, kao da se obraća sebi.

– *Ne bojim te se!*

– *Nisi ti za takve stvari, idi čitaj knjige!*

Na poslednju provokaciju Nino je odgovorio ćutanjem. „Vreme otkriva istinu", oglasio se Senekin glas u njemu. Bili su različiti, Čičo i on. Obojica su značili *mladost*, mada su na bregu predstavljali dve strane medalje: jedan intelektualno, drugi narodno bogatstvo Sarna. Pod nesigurnim zvezdama, izvadiše oružje. Čičo je osetio udaranje srca u ušima, a noge su mu se tresle u sivim farmericama. U svojoj nesigurnosti pomislio je „pucaj!". Poslednje što je video beše crna zemlja.

SIN NAŠE ZEMLJE

Bio je loš đak. Ništa ga nije interesovalo osim fudbala. Loptu je držao u učionici, ispod klupe, te se tukao sa svakim ko bi se usudio da je dodirne. Hteo je da bude profesionalni fudbaler, a tada nije znao da je već kao osnovac vrhunski igrač. Niko od nas nije bio ni blizu njegove tehnike i brzine. On je pre svih drugih tačno znao gde će lopta završiti. Jer i lopta šalje poruke života: za većinu nedokučive, za talentovane otvorene i jasne. Bez preterivanja, bio je pravi fenomen. Ako smo mi bili loptini robovi, lopta je bila njegova sluškinja.

    Šta god je radio, završio je što pre da bi se posvetio jedinoj ljubavi svog života – fudbalu. Za loptu je disao, u njoj je nalazio svoju suštinu. Zbog lopte su ga voleli, jurili, maltretirali. Nije bio uvek shvaćen. U školi se toliko sukobio sa našim profesorom matematike, da se u jednom trenutku postavilo pitanje isključenja iz svih škola Jugoslavije. Međutim, bio je uporan u snovima, na čemu mu je okruženje zavidelo i što mu je zameralo.

Moj školski drug je kasnije postao jedan od najboljih fudbalera sveta. U četrnaestoj godini preselio se s porodicom u jednu bogatu evropsku zemlju, gde je bio sjajan vezni igrač u lokalnom fudbalskom klubu, pa zvezda u velikoj ekipi, osvajač domaćih i međunarodnih titula, reprezentativac te zemlje. Svoj je cilj ostvario, zato što je u sebi imao moć upornosti, talenat, inteligenciju pokreta. Gledao sam ga često na televiziji. Obožavao sam ga ne samo kao drugara već kao sina naše zemlje kome je pošlo za rukom da se spase.

Jedina titula koju nije osvojio u klupskoj karijeri jeste prestižni evropski pehar. Doduše, bio je vrlo blizu ostvarivanju tog cilja. Utakmicu su u majskoj večeri odlučili penali. On je rezolutno delovao na ekranu, ali je pogodio samo stativu. Njegov saigrač, poljski napadač, takođe je promašio.

Te večeri se život mog druga nije promenio. I dalje je igrao, blistao, osvajao titule. Živeo je u bogatoj zemlji s divnom porodicom. Dolazio je u našu, svoju zemlju, posećivao rodbinu i prijatelje, organizovao humanitarne akcije za spasavanje bolesne dece. Tada su mu aplaudirali i nekadašnji protivnici, neprijatelji koji su, ne mogavši da mu se suprotstave na fudbalskom terenu, tražili razlog da mu naplate njegovu izuzetnost. Jer u zagušljivim sredinama poput naše, gde je narod navikao da kaže da ti se uspeh ne prašta, uspehom ugrožavaš samoga sebe.

Često bih se setio naših školskih dana, pogotovo u razgovoru sa drugovima naše generacije. Nekad su se u našoj štampi pojavljivali oduševljeni prilozi o njemu, uz žaljenje što taj izvanredni veznjak igra za drugu reprezentaciju, kao da fudbaleri postoje zbog reprezentacije. I u tome sam nalazio tragove naše moralne bede i nedostatak velikodušnosti, koja ipak mora da postoji negde u svesti čovečanstva.

Prošle godine, tačno dvadeset godina nakon utakmice na kojoj je izgubio onaj značajni evropski pehar, moj školski drug je sebi pucao u glavu. Time je odneo sa sobom deo mog detinjstva i pokazao mi da su naše strasti, čak i kad izgledaju bezopasne, uvek pomalo dramatične.

DNEVNIK ANE PERSON

Svi smo mi deca na početku.
Švedska poslovica

I

07. 05. 1989.

Rodila sam se u malom selu u švedskoj pokrajini Smoland. U selu su svi znali sve. Živelo se skromno. Ako je neko ispekao kolače, delio ih je sa svima. Naša je kuća bila kraj jezera, u divnoj prirodi u jarkim bojama. Na proleće su se oko nje pojavljivali leptiri, ptice, hiljade cvetića. Verujem da sam bila veoma srećna u zavičaju, da sam tamo dobila jak osećaj pravde, bratstva i jednakosti. Ako se sada vratim detinjstvu, vidim pre svega sebe kako trčim u prirodi. Moja je sigurnost zavisila od toga da su mi roditelji tu. Ovo važi za tatu naročito. Izgubila sam deo sebe, pre dve godine, kad je nastradao u saobraćajnoj nesreći.

Tata se zaposlio u Malmeu u mojoj osmoj godini. Morali smo da se preselimo i prilagodimo novom životu. Tada sam po prvi put videla kako izgleda kad mama, ta plemenita duša bez spokojstva, plače. Ja sam bila mala, tata je imao kolege na poslu, ali ona? Često je nešto dugo posmatrala kroz prozor, kao da se zagledala u dubinu sopstvene duše. Poželela je da u svojoj blizini ima nekog ko će je razumeti. Moji su roditelji bili divni, volela sam ih podjednako, ali priznajem da sam mamu drukčije doživljavala, iako tu stvar ne znam da nazovem pravim imenom.

II

09. 12. 1993.

Tata je pio, ali samo subotom. Dok je još bio pri zdravom razumu, mama i ja smo ulagale velike napore, pokušavale da govorimo toplini njegovog srca, dubini njegovog bića, kako ne bi ni nama ni sebi naneo neko zlo. On je slušao samo na početku, ali se najzad potpuno prepustio alkoholu. Nakon svega, tražio je ključ našeg auta, koji nije mogao da nađe, zato što smo ga sakrile znajući šta nas čeka. Nekad bismo uspele da sprečimo zlo, nekad ne.

Tata je bio dobar čovek, koga nikad nisam prestala da volim. Udubljujem se u ono vreme i pitam se šta ga je teralo na takvo ponašanje, šta ga je mučilo, otkud toliko nemira u njegovoj duši. On je, inače, sve sagledavao s ljubavlju, sve dok ne bi osetio očajanje.

Ja ne pijem i ne vozim. Stekla sam odbojan odnos prema alkoholu i automobilima.

III

17. 04. 1994.

Moja osnovna škola u centru Malmea pojavljuje mi se gotovo svakodnevno pred očima. Ranije sam najviše volela da posmatram noćni Malme iz stana koji sam jedno vreme iznajmljivala u pešačkoj zoni i koji gleda baš na nekadašnju školu. Pazila sam da mi u gradu bude sve tu, možda zato što je život za mene počeo u Smolandu, pored jezera. Oduvek sam bila neprijatelj saobraćaja, smetaju mi motori. Meni nešto znače jedino razdaljine koje se mogu preći peške. Sve to pripisujem detinjstvu u Smolandu, potrebi da budem u tihom miljeu.

Ovih dana razmišljala sam o svojoj ljubavi prema Malmeu i sigurnosti da ga nikada neću ostaviti. Volim uzbuđenja što se ponavljaju, kao naviku da se piju topli napici u hladnim zemljama i hladni u toplim, mada pretpostavljam da je to potpuno pogrešno, jer se protivi velikom iskustvu nomadskih, azijskih naroda i drevnih putnika.

Ako se osvrnem na nekadašnji Malme, osećam miris onog prvog stana. Bojim se da je to skrivena želja da budem sama. Tata je smatrao da, kako ne bismo pravili greške s ljudima, treba da se sećamo iskustava velikana iz prošlosti, poput Sokrata. Oduvek se, zbog tate, bavim Sokratom. On kaže da je brak nešto zbog čega će se čovek uvek kajati, bilo da ga sklopi ili ne sklopi. Da li to znači da mi brak ne treba? Ko zna šta bi Peter rekao o tome! On je toliko uložio u našu vezu, odbijala sam ga i nije se predao, već molio, trudio se. Tako je kad te neko istinski voli.

IV

02. 03. 1996.

U avgustu sam došla u Geteborg da bih pratila lokalni letnji festival. Na trgu, preko puta železničke stanice, čekala sam tramvaj koji vozi do hotela i uverila sam se da je šteta što se kod nas toliko poštuje red vožnje. Na stanici, pod prelepim plavim nebom, dvojica mladića su razgovarala o vedrini:

– *Ali šta su vedra i vesela stvorenja? Ti što se stalno smeju? Oni su meni odveć tužni. Vedrina je dubina!*

– *Za mene su vedra i vesela stvorenja ljudi koji su pretežno dobre volje, ljudi koji se znaju radovati životu.*

– *Površina je mutna. Gledaš vodu i vidiš nebo. Gledaš obraz, a ono šminka. Dubina je suština!*

Nažalost, tramvaj je ubrzo stigao, morala sam da odem. Još dugo sam se osvrtala na neočekivani dijalog sa geteborškog stajališta. Sve je zvučalo ubedljivo, ali nije se radilo o gotovim formulama koje zamenjuju suštinu. Mladi misle na konkretan svet, pružaju žestoki otpor konzervativnim silama i pomodarstvu našeg društva! Iznenadila me je pojava takve razmene ideja u ovoj zemlji, domovini dosadne praktičnosti, gde nije predviđena analiza naših grešaka i problema. Krivo su nas uveravali da nije poželjno govoriti o osećanjima na javnim mestima. U pravu je naša ministarka Ana Lind, koja je u intervjuu rekla otprilike iste stvari.

Ne znam da li zbog neba ili razgovora na stajalištu, zavolela sam Geteborg i Anu Lind.

V

01. 05. 2001.

Sedim na terasi, u Malmeu, i gledam preko puta, što znači preko Eresunda. U ovoj regiji jedino Kopenhagen, sa svojim savremenim vetrenjačama i visokim zgradama, sme da izaziva nebo. Ako se odavde posmatra ovim *skanskim očima*, onaj gradski svet ispada prepotentan, agresivan, bezosećajan. A iz njegove perspektive mi smo – provincija. Da li ćemo zauvek ostati provincija? Bojim se da hoćemo: takva nam je zemlja.

VI

11. 07. 2002.

Pretpostavljam da je Peter ljut na mene. Nešto mu nije bilo pravo kad sam rekla da ću večeras spavati kod Aleksa. Bojim se da će postati toliko ljubomoran da ću morati da ga oteram. Prijatan je on, ali nije još shvatio da o sebi odlučujem samo ja! Ne treba mi revizor u životu, nije ovo diktatura! Ponekad zna da me iznervira do suza.

By the way, Aleks je bio sjajan! Odavno se nisam tako provela! Zahvaljujući njemu mogu reći da sam se preporodila!

Popodne sam svratila u starački dom kod mame. Nije loše, dobro se drži.

VII

12. 09. 2003.

Šokirana sam zbog svirepog ubistva Ane Lind. Događaj mi je vratio ogorčenost koju sam osećala nakon ubistva Ulofa Palmea. Zar nas ne uveravaju da smo najbezbednije društvo u Evropi? Razmišljala sam dugo o sudbini naše male zemlje. Možda nismo nikad postali gradska sredina. U svakome od nas zna da proradi strah, to je onaj glas koji se javlja da bi nam rekao „nemoj!", „odustani!", „čekaj!". Zato ni ovaj put nećemo ništa preduzeti. Država je ozbiljna stvar, ali naša kultura sela ne shvata ozbiljnost imigracije: kako ćemo moći da pružimo šansu ovim ljudima? I zašto svi dolaze baš kod nas? Ako Danci vraćaju strance kući, valjda za to imaju valjanog razloga!

VIII

09. 04. 2004.

Peter mi se javio telefonom. Bio je besan! Rekao je da sam kučka što sam krila vezu sa Aleksom. Ja sam prekinula razgovor i rekla da me ostavi na miru.

Kasnije je došao kod mene. Bio je još mnogo ljut, plašila sam se da će me udariti. Neka ode! Moj život je samo moj. Prijatelje biram sama!

IX

12. 07. 2008.

Javili su mi da je mama doživela krizu. Morala sam da idem da vidim o čemu se radi. Nije toliko strašno kao što su rekli, prepoznala me je i radovala se što me vidi. Prvi put sam imala prilike za razmišljanje: dokle sam stigla u životu? Čini mi se da su svi spoljašnji faktori – ljudi, porodica, država – nastojali da prekinu veze između mene i prirode. Remetili su mi život, a da to nisam ni primetila. Dosta mi je svega, i ove države i mojih poznanika! Nekad mi je bilo prijatno u gradu, a sada se plašim. Nešto se događa, posvuda crnci, Kinezi, Arapi. Ni belci više nisu naši! Koliko je Jugoslovena i Albanaca u našoj zemlji? Zašto ih ima toliko?

X

26. 06. 2009.

Upoznala sam divnog čoveka iz Šivika! Zove se Markus, živi sâm u prelepoj vili, u Šiviku. Priznajem da stalno maštam o njemu!

XI

11. 11. 2009.

Večeras su mi javili da je mama opet napala neku sestru u domu. Ne znam šta ću sa njom! Razumem evoluciju bolesti, ali ona me tako bruka pred svima. Bilo mi je neprijatno zbog Markusa. Ako mora tako da živi, da se muči, bolje da…
    Plakala sam noćas.

XII

20. 12. 2010.

Na poslednjim parlamentarnim izborima glasala sam za desničarsku partiju SD. Jedino oni, u ovoj zemlji, imaju šta da kažu. Nemam ništa protiv stranaca kao takvih i sigurno ima dobrih ljudi među njima, ali naša zemlja nije više u stanju da podnese komplikacije te imigracije. U pravu je Markus, moramo da reagujemo! Treba da se ode tamo kod njihovih vladara da se razgovara, da se smišlja nekakav plan. Ako ne može tako, neka se zadržavaju u Italiji, Grčkoj, Španiji (oni se međusobno ionako bolje razumeju), pa neka se kasnije vrate u svoje zemlje. Mi smo već previše toga dali. Uništavali su nas premijeri Socijaldemokratske partije, Palme, Karlson i Person! Bila sam naivna u mladosti, dopustila sam da socijaldemokratska propaganda manipuliše mojim životom! Na našim ulicama ne možeš videti Šveđane, samo strance. Kud god pođeš – stranci!

XIII

02. 02. 2012.

Žalim što sam upropastila svoju mladost sa Peterom, kad sam mogla daleko bolje da prođem. Otkad se družim sa Markusom, sve je magično! Večernja atmosfera u Šiviku, jahta, beli porše i dragi švedski milje! Šta reći, konačno sam i ja pronašla sreću!

TAMO GDE NE POZNAJU UKUS PLAČA

Donegal, severozapadna Irska. U hladnom jutru Helen je nosila ribarske pantalone do kolena i na nogama otvorene nanule sa visokim potpeticama. Dok je prolazila kroz rosnu livadu, ispred kamenog mosta, trava joj je golicala zglobove – ko je hodao po irskim livadama, zna da u njima rosa curi pod pete, te nanule postaju klizave.

Ispred prodavnice Pata Džejmsona sedela su dvojica muškaraca, koja su ustala pre nego što je Helen ušla. Gospodin Dejvid je prilikom pozdrava skinuo kapu, Majk je jednostavno podigao ruku. Unutra je gospođa Dejvis, kao i svakog jutra, gubila vreme tražeći po novčaniku sitan novac za flašu mleka. Helen se okrenula ulevo i gledala revije o lovu i ribolovu složene pored jutarnjeg izdanja *Ajriš independenta*. Iz zvučnika su dopirale reči pesme *Liverpul Lu* kad je mlada Irkinja podigla pogled na prozor, gde je nalepnica pozivala ljude u Kork.

Dok su napolju gospodin Dejvid i Majk nastavljali razgovor o Ontariju, unutra je Helen imala Bertrana u mislima. Žan Klod i Bertran stigli su pet godina ranije u Donegal Taun. U pab Džejmsa O'Salivana Bertran je ušao s majicom na kojoj je pisalo *Che vive*. Njegov znoj je mirisao na anis i lavandu, njegova kosa na ivanjsko cveće. Helen sve te mirise nije poznavala. Znala je Donegal Taun i Kilibegz. Jednom je sa majkom išla u Londonderi, gde je kupila roze lutku, gledala zastrašujuće grafite s puškama i plašila se grada. To je bilo sve.

Onog leta Bertran i Helen su se zaljubili. Njihova je veza bila puna iluzije i strasti, mešavina građanske svesti i palanačke naivnosti. Helen je volela njegove priče o revoluciji, ispričane u pabu ili u maloj luci, a Bertran je voleo Donegal. Kao i mnoge letnje ljubavne priče na zapadnoj obali Irske, i ta je kratko trajala. Krajem avgusta, Bertran se vratio kući, u Bordo. Helen je dugo verovala da će se Francuz vratiti. Kad god je mogla, koračala je do male luke, gde je okean čudno zelen, kao blatno jezero. Tamo je maštala o Bordou i revoluciji. Tamo je vetar odnosio suze s njenog lica. Tako je mlada Irkinja spoznala da ljudi sa okeana ne poznaju ukus plača.

Kad je shvatila da Bertran neće odgovarati na pisma i razglednice i da se neće vratiti u Donegal Taun, Helen je svake večeri legala u krevet sa bremenom ljubavnog razočaranja. I kad je sedela u maloj luci, one vode kao da su se širile i naglo približavale. Onda su se stene uveličavale, te se Helen ježila.

I te godine se avgust približavao – u vazduhu je miris slada, kao i svakog leta, gospodario. Helen se nadala da će se Bertran ipak vratiti u Donegal Taun, makar na nedelju dana, makar radi male luke i paba Džejmsa O'Salivana.

Na to je mislila mlada Irkinja kada je, izašavši iz prodavnice Pata Džejmsona, osetila da je trava malo suvlja.

NEVAŽEĆI PASOŠ

Kao penzionisano vojno lice, ne nameravam da uđem u papuče u pedesetoj. Moja deca su se odavno snašla: Paolo je zaposlen u Ministarstvu spoljnih poslova, Laura radi u banci. Trošim penziju putujući. Ne postoji zemlja u Evropi koju nisam posetio. Najčešće se vraćam u Beograd, jer sam svojevremeno služio u KFOR-u, ali za razliku od mojih kolega, iskoristio sam boravak na Kosovu da bih naučio srpski. Inače smatram da je Beograd zaista divan grad ako želiš da se provedeš: lepa atmosfera, lepe žene, gostoprimljivi ljudi.

U vezi sa Srbijom, nedavno mi se dogodilo nešto zanimljivo na mađarsko-srpskoj granici. Stigli smo na granicu kombijem (u vozilu su bili ljudi različitih nacionalnosti). Dočekali su nas carinici u zelenim kaputima, sa strogim pogledima i besnim psima. Kontrola, dugačka i izuzetno pedantna, završila se predajom pasoša. Prošlo je samo nekoliko minuta kada se pojavio policajac:

— *Ko je Gaetano Fino?*
— *Ovde sam.*
— *Ulazi unutra!* — naredio je upirući prstom na crvenu zgradu.
Unutra sam zatekao druge policajce. Gledali su me sa sumnjom, kao da su tek uhapsili najgoreg od svih kriminalaca. Postavili su čudna pitanja:
— *Kako se zoveš?*
— *Gaetano.*
— *Ime i prezime!*
— *Gaetano Fino.*
— *A kako si se pre zvao?*
— *Gospodine, ne razumem pitanje.*
— *Kako si se PRE zvao?*
— *Uvek tako, Gaetano Fino!*
Policajac se nije pomerio:
— *Koliko dugo si bio u Italiji?*
— *Otkad sam se rodio.*
— *Otkud znaš srpski?*
— *Učio sam ga.*
— *Gde?*
— *Na Kosovu.*
— *Na Kosovu si učio srpski?* Okrenuvši se prema drugom policajcu, izgovori psovku.
— *Ulazi unutra, tvoj pasoš ne važi.*
— *Kako ne važi kad sam ga izvadio pre godinu dana?*
— *Imaš li druge legitimacije?*
Izvadio sam vozačku dozvolu i ličnu kartu.
— *Vozačka ti je istekla.*
— *Da, ali ja nisam vozio.*
— *Svejedno, istekla je.*

Ostavili su me ispred sobe iz koje su stalno izlazili policajci. Kroz stakleni zid video sam lica policajaca koji analiziraju pasoš i mašu glavom, iako sam objašnjavao da sam čist. Rekli su mi da moram da sedim i čekam. Najzad stiže drugačiji policajac, visok ali sa dobrim očima. Persira mi:
– *Dobar dan. Šta imate da izjavite?*
– *Vaše kolege tvrde da mi pasoš ne važi, ali to je besmislica. Izvadio sam ga u Italiji pre godinu dana. Napolju čekaju drugi putnici koji sada, zbog mene, kasne.*
– *Sačekajte.*
Nakon deset minuta, pojavio se taj isti policajac sa mojim dokumentima:
– *Žao nam je, u pitanju je greška. Nažalost, italijanski pasoši nisu baš najbojeg kvaliteta. Lepo govorite srpski, svaka čast!*
– *Hvala.*

PUTOVANJE

I

Pošla sam iz Olborga, vozom. Grad nije spavao: iz dimnjaka se dim digao do meseca i obojio ga sivom, industrijskom bojom. Na peronu biznismeni i mladići žvakali su duvan i čitali novine. Niko nije gledao ni u koga. Ta slika mora da je tipična – rekoh sebi – u Jitlandu.

U kupeu sam našla *Metro* od prethodnog dana i prelistala ga do pretposlednje strane da bih saznala nešto o vremenu – kad ljudi žive na Severu, onda postaju manijaci vremenske prognoze: *sunce, nebo, oblaci* izgovaraju daleko češće nego, recimo, *čovek* i *osećanje*. Voz je prolazio pored gradova i sela, klizeći nežno, nordijski. Radovala sam se kuhinjama bez zavesa na prozorima, u kojima su se kretale tanane senke. Oduvek su mi bile zanimljive jutarnje kuhinje pune života, karakteristične za Sever, jer one kod nas, na Mediteranu, žive uveče, kada postaju bučne u mirisu crnog vina. Želja mi, zaista, nije bila da se udaljim od Skandinavije, jer to udaljavanje smatram bolnim, nego da posetim Bremen. Setila sam se rečenice nastavnika italijanskog jezika i književnosti, izgovorene jednog gimnazijskog dana kada smo bili posebno bezobrazni i bučni: „Imaćete čemu da se radujete tek kada budete videli Bremen!"

Uistinu, u Bremen su me vodili slovo *e* i zelena boja (*Br*e*m*e*n, W*e*s*e*r*...). Pronašla sam zelenu boju na krovu Gradske kuće, izgrađene u baltičkoj varijanti gotskog stila, koja se slaže sa tamnosivim nebom, vetrom i kišom. Taj stil veže Bremen za svet severoistočne Evrope, za Poljsku, Estoniju i Belorusiju, za atamane stare Litvanije, te još za ćilibar i beskrajne ravnice koje Evropu pretvaraju u Aziju.

Već od prvog dana, međutim, u prozorima te Gradske kuće ogledalo se slovo *a*, koje se i te kako tiče Bremena (*H*a*nz*e*a*tska liga, Rol*a*nd, *A*d*a*m, *A*dolf...). Na glavnom trgu stoji kip Rolanda, junaka slobode i simbola Bremena, najstarijeg grada, odnosno države na nemačkom tlu.

U gradskoj četvrti zvanoj *Šnor* ljudi nisu hodali sa jasnim ciljem, nego su jednostavno šetali. Tamo su nestale veze između Bremena i severoistočnih gradova moje mašte, u kojima su parkovske klupe zarđale i svugde se šire mirisi votke i anisa. U Bremenu sam osetila znanu mi potrebu u susretu sa gradovima – da ostavim centar i život potražim u novom delu grada. Međutim, na periferiji Bremena nisam našla ništa drugo do crvenu ciglu i štamparije, spektralno rasute birtije i slobodna mesta za parking. Povratak u grad bio je zaranjanje u utešnu lepotu. U centru Bremena nema razlike između dana i noći: ljudi sede u društvu ili se, kad su sami, primiču prozorima stana ili restorana; tu beleže, piskaraju. Čovek u centru grada obično traži čoveka očima ili hartijom.

Pre povratka u Skandinaviju prisetila sam se slike koja, otkad znam za sebe, stoji na zidu dnevne sobe u roditeljskoj kući: negde na kraju osamnaestog veka, ženica kroz prozor promatra zgradu koja je, čini se, milanski dom. Ko zna zašto baš ovde, prvi put, shvatih da ženica u ruci drži pisamce ili ceduljicu, da je njen pogled pun nežnosti i čežnje, te da se slika verovatno zove – *Pismo*!

U smeđem kupeu, pri povratku, muzika svakog mog povratka – Pet Metini, *Travels*. Jitland me je dočekao hladan i vetrovit. Sad će one zore rumene kao večeri u Otrantu, na Istoku; sad će subote na Eresundu i šetnje ulicom Paradisgatan. Prozor koji prolazi kroz Dansku nudi mi tako tužne severne večernje kuhinje – osvetljene, a prazne.

II

Pošto je svojim učenicima pročitala ovu priču, Anđela Robusteli je podigla glavu i primetila da je niko ne sluša. Većina je šuškala, a neki su piljili u mobilni telefon kao da čitaju poslednje pismo drage osobe. Rastužila se zbog kulturne bede Salerna. Osetila je da otupelost obavija grad ostavljajući ljude ravnodušnim. Te večeri je, u kišovitom Salernu, slušala Peta Metinija i žalila što ne živi u Bremenu.

VEČERNJI OBLACI

Ispred prodavnice pokojnog Mimika Kukula, te večeri je nebo obećalo kišu. U sredini se stvorio plavi krug, mada su sivi oblaci plovili u svakom pravcu, naročito prema Noćeri, Kavi i obližnjoj Amalfitanskoj obali. Via Streta, ulica ispred prodavnice, bila je suva, puna letnje prašine, a kanikula nesnošljiva i nakon zalaska sunca. U to doba starci su obično maštali o letnjim pljuskovima što se, navodno, često događaju u Kampaniji, iako ih ponajčešće ima jedino u narodnim poslovicama. Drugi trgovci Via Strete polako su se spremali za večernje zatvaranje. Brbljivi i temperamentni berberin Aldo, s karakterističnim peškirom oko vrata; Mikele Frunđilo, vlasnik svaštare *Ema*; Čičo Rapesta, stari stolar zvani Semente – svi su se pozdravljali i svojom uobraziljom sebi već predstavljali porodični život, večeru, televizijski program. U to doba je Via Streta doživela poslednje trenutke dnevne trgovine. U roku od pola sata, pao bi mrak i tišina bi zamenila buku. Tada bi Luisela,

Mimikina udovica, prešla u drugu prostoriju svoje prodavnice, u kojoj je bio sto, televizor, ostava i sve, ama baš sve što se može naći u svakoj običnoj kući. Svetlo u prodavnici bi se tada ugasilo, ali su komšije znale da Luisela svakako sedi tamo, gde povremeno drema na stolici od drveta i slame, da će radnja ostati otvorena do ponoći, dok žena ne spusti tešku gvozdenu roletnu i napokon ode na spavanje.

Na niskom zidu preko puta prodavnice pokojnog Mimika, debeli dvadesetogodišnjak, Rafilučo zvani 'o Toro, razgovarao je sa najmlađim Mimikovim sinom Gaetanom, pritom jedući rozetu, okrugli sendvič s mortadelom. Dvojica drugara su se dogovarala o sutrašnjem odlasku na more, koji je nestabilno veče dovodilo u sumnju. Pored njih je, takođe sa rozetom u ruci, stajao Gaetanov bratanac mali Mateo.

– *Sutra će padati kiša* – počeo je Rafilučo, kome se more nije baš dopadalo, jer nije znao da pliva i dosađivao se na plaži.

– *Otkud ti znaš? Već smo tri puta odložili odlazak zbog kiše, a kiša nikada nije ni pala!* – odgovori mu Gaetano.

– *Zar ne vidiš oblake?* – insistirao je Rafilučo.

– *To su večernji oblaci* – umešao se, sasvim instinktivno, mali Mateo.

– *Večernji oblaci? Oblaci su oblaci, bili dnevni ili večernji!* – rekao je Rafilučo, gotovo ljutito.

– *Ti se čudiš, ali trebalo bi da se pitaš zašto dete tako govori, šta ga je nateralo da se tako izrazi* – rekao je Gaetano. – *U svakom slučaju, videćemo sutra. Sada je rano da bi se donela odluka. Veče je toplo i sve pokazuje da će sutra osvanuti još jedan sunčan dan.*

Te večeri je Mateo jeo brže nego inače, pa je dugo, na balkonu, posmatrao zvezdano nebo. Gde su nestali oblaci i kiša koju je Rafiluča 'o Toro prizivao? Osećao je da će sutrašnji dan biti sunčan. Zato nije obraćao pažnju na motore i zvukove letnje noći; promatrao je zvezde, video predstojeći dan, Gaetana i Rafiluča 'o Tora kako idu na more. I on će ići na more s roditeljima, ali tek u avgustu, a avgust je bio daleko! U letnjoj noći pokušavao je da smisli plan kako da se pridruži Rafiluču i Gaetanu. Najpre je trebalo da se probudi rano, mnogo ranije no inače, kada bi njegovi roditelji krenuli na posao. Onda bi najbolje bilo obući se na brzinu, spremiti veliki peškir za sunčanje i izaći na Via Stretu, odakle će Gaetano i Rafiluča 'o Toro krenuti, negde oko osam ili pola devet. Zadovoljan tim planom, otišao je u krevet.

Te noći je neočekivani događaj poremetio mir Via Strete. U ostavi Rafilučove kuće, gde je njegova majka držala zimnicu a njegov otac domaće kobasice, zbog kratkog spoja izbio je požar. Pošto je ostava bila dosta udaljena od spavaćih soba, ni Rafiluča 'o Toro ni drugi članovi njegove porodice nisu primetili da se požar širi, da zadnji deo kuće gori, dok u prednjem naizgled vlada mir. Međutim, kuća je morala da se evakuiše i vatrogascima je trebalo pola sata da ugase požar. Gotovo se cela Via Streta probudila. Te noći su muškarci, naročito očevi i starci, raspravljali o mogućim uzrocima, sprečenoj tragediji, eventualnim budućim primerima. Ostali su na ulici do zore, pa su se razišli, zadovoljni što se nesreća nije dogodila njima. Kao i uvek, svaki je događaji Via Strete bio povod za razgovore, glorifikovanje sebe i svađe. Otkrilo bi se da je neko u mladosti bio vatrogasac, u vojsci električar, u detinjstvu izviđač.

Bez obzira na buku, sirene i krikove, Mateo nije ništa čuo. Zaspao je prilično kasno, čim je nada da će idućeg dana ići na more stvorila potpuni mir u njegovom srcu. Ništa, pa ni sirene vatrogasaca, nije moglo da ga uznemiri. Da je ustao i sišao na ulicu prepunu ljudi, video bi da Rafilučo 'o Toro, taj isti čovek koji ne zna šta su večernji oblaci, plače i ponavlja: *Pogledajte ljudi, i pored svih žrtvovanja čovek može da izgubi kuću u roku od sat vremena!* Osim toga, shvatio bi da Rafilučo 'o Toro ima novo, veliko opravdanje što ne želi da ide na more, koje će svi, pogotovo Gaetano, morati da uvaže.

Idućeg jutra, sunce je obasjalo Via Stretu. Po dogovoru sa sobom, Mateo je ustao ranije. Osetio je da sunce peče i na nebu nije primetio nijedan oblak. Ubacivši kupaći kostim u torbu, krenu, sav srećan, na ulicu. Na malom zidu, preko puta svoje prodavnice, Gaetano je neraspoloženo jeo kroasan. Bacio je pogled na Mateovu torbu i shvatio zašto je dete poranilo:

– *Što si se tako rano probudio? Danas ne idemo nikud* – rekao je ozbiljnim tonom ne obrazlažući svoje reči.

– *Razumem* – odgovori Mateo, bojeći se da je stric ljut što se on samoinicijativno pojavio.

Tog dana su berberin Aldo, Mikele Frunđilo, Čičo Rapesta zvani Semente, kao i sve mušterije, prolaznici i radoznali građani, komentarisali da je velika tragedija začudo izbegnuta, mada ostaje opomena i upozorenje za električare i obične ljude. Neko je priču okrenuo protiv vlasti, gromobrana i dežurnog krivca, ali je mnogo pazio da ne spominje nijedno ime, zato što je među ljudima Via Strete važilo drevno rimsko pravilo da su imena nezgodna. Uostalom, političari su toliko dobro znali da se ujedine i izbegavaju ličnu odgovornost, da je za obične ljude bilo gotovo nemoguće formulisati konkretne optužbe. Brzo su stanovnici Via Strete zaboravili požar. Prevagnula je velika vrućina, voće i povrće letnjeg doba, glasine, intrige i sve što život temperamentnog juga čini ekstremnim.

Sve u svemu, Mateu nije teško palo što će morati da dočeka avgust da bi išao na odmor. Samo mu nije bilo jasno zašto Rafiluco 'o Toro ne voli more.

POSLEDNJA NOĆ OPOZICIONOG ODBORNIKA

Zimsko veče u našem gradiću. Niko nije stajao napolju, kod kapije, kako obično biva ako pada kiša. Svet se zadržavao unutra, iako je bilo prekasno za ručak i prerano za večeru. Tihi nemir, koji osvaja južnjake kad je ružno vreme, provincijski gradić činio je misterioznim. Napolju su se vozila ogledala u sjajnoj kaldrmi i izlozima zatvorenih prodavnica.

U sedam je jedini naš opozicioni odbornik, u sivom kaputu i crnim cipelama, prilično elegantan na kiši, koračao prema Gradskoj kući, gde je bilo predviđeno zasedanje Gradskog saveta. Išao je sporim, sigurnim hodom, imajući u vidu predstojeću obavezu. Delovao je zamišljeno, valjda zbog bremena odgovornosti. Oči je namerno sakrivao kišobranom kako ne bi morao da staje na svakom koraku. Na glavnom trgu, ispred spomenika Marijana Abinjentea, iz jednog auta neko mu mahnu rukom. Odgovori, mada zbog odsjaja vetrobrana nije mogao da vidi lice tog vozača.

Na kapiji Gradske kuće pozdravio je trojicu kolega koji su pušili i gestikulirali. Njihovo ponašanje pripisao je palanačkom duhu naše sredine. „Prenebregavaju svoje dužnosti i obaveze, zanemaruju posao i građane", reče u sebi. Ocenio je da ga ogovaraju zbog afere „park", koju je vladajuća koalicija montirala u cilju da ukloni jedinog protivnika iz političkog života. U svetu bez uzornosti, on je bio persona od integriteta i političar izrazite demokratske orijentacije, sa ambicijom da stane na put administrativnim aždajama. Osvrtao se često na „politički ambijent" – što je zvučalo neopisivo ružno u njegovim ušima. Pretpostavio je da se približava njegov konačni obračun sa čaršijom i nije mu bilo žao. Znao je da neki nastavljaju, a neki prekidaju tradicije. On se retko slagao s gradom u kojem je odrastao. To su mu i neprijatelji priznavali.

Na sednici su najpre govorili koalicioni partneri na vlasti. Zalizani vetropiri sa svetlim kravatama, vređali su njega i dobar ukus. Narod (to je bio narod, nisu bili građani!) oduševljeno ih je slušao, klimao glavom, aplaudirao. Jedan ministar je, tokom izlaganja, otkopčao prve dugmiće svoje košulje da bi dokazao da je, za razliku od opozicionog odbornika, čovek „od krvi i mesa". Najzad, kad je opozicioni odbornik dobio reč, sala beše već poluprazna. To ga nije iznenadilo. Ustao je i upustio se je u još jedan od apstraktnih govora po kojima je bio poznat:

„Poštovane kolege, dragi sugrađani,
Ako se osvrnem na naš grad, spopada me njegov centar, zatvoren, klaustrofobičan. Privlačan

je naš grad u kojem Istorija boravi kao medresa sa svojim ružnim velovima. U istorijskom centru našeg grada, Istorija je breme koje mnogi neće da ponesu. Drugi bi to breme želeli, ali njima su leđa odveć krhka. Ostali ne znaju ništa o tome, pa u ovom trenutku, dok mi govorimo, sede u kafani, ne razmišljaju o ovim *glupostima*: nemojte da se čudite – i oni su deo Istorije.

Molim vas, zaboravite konflikte, razmislite malo o našem gradu i njegovom grbu. Ma koliko neki pokušavali da ga predstave kao četvoronošca, on je, zbog cinizma naših uskogrudnih političara, u stvari kao gmaz. Naš grad je pred politikom kao sluga oborene glave. Od svih razgovora koje sam čuo na ulici, najzanimljiviji su mi dugi monolozi neobaveštenih i ćutanje obaveštenih. Uvek me je, u našem gradu, pogađalo ćutanje, neizgovorena reč koja bi mogla da razotkrije, ali, prećutana, čini zlo. Tipične domaće osobine su dve tvrdoglavosti: težnja ka sopstvenom veličanju i težnja ka tuđoj zabludi…"

Nakon sednice je, u lokalnom stilu, bila zakazana zabavna večera na koju, po običaju, naš odbornik nije išao, jer moralni ljudi u provincijskim gradovima južne Italije osećaju nelagodnost nakon političkih sastanaka. Uostalom, to i nije bilo njegovo društvo.

U atmosferi naizgled opuštenoj, ali u stvari ispunjenoj tenzijom, naš opozicioni poslanik napusti zgradu vlasti. Napolju je i dalje padala kiša, samo vozila više nisu bila tu. Otvori kišobran i krenu istim putem kojim je došao. Kaldrma je sada bila zvučnija zbog nedostatka vozila – većina naših građana bila je kod kuće. U gluvoći su odjekivali koraci i voda ispod našeg grada. Ušavši u svoj stan, oseti večernji umor. Telesno i psihičko opuštanje nakon sednice manifestovalo se nedostatkom apetita i blagom večernjom tugom. Skuvao je čaj i stropoštao se u fotelju, odakle je mogao da gleda hodnik i ulazna vrata. Nije imao snage da se bori protiv političkih zmija malenoga grada. U pogledu mnogih, prethodnih dana, pročitao je nepoverenje: izmišljotine o mitu za dobar deo građana bile su „prava istina". Pored čiviluka, na podu, bila je crna kanta i u njoj kišobran. Na njegovoj dršci pisalo je – *Ideen Welt*. Nemački kišobran. Dobio ga je na poklon pre dvadeset godina od tadašnje devojke, novinarke iz Salerna. Pošto ga je kišobran vratio u dane provedene u tom morskom gradu, ugasio je svetlo, ali uzaludno. Jedan deo njega nije hteo da priziva nekadašnju ljubav, ali drugi jeste, jer sećanja najuspešnije proganjaju usamljene ljude.

U mraku je probao da sklopi oči i da pevuši, ali nije mogao da izdrži. To je bila nagrada za tri decenije provedene u poštenju kao jedini političar koji se nije obogatio zahvaljujući politici? Kako da objasni građanstvu da nije učestvovao ni u jednoj aferi? Advokati će to rešiti, da, ali tada niko neće objaviti oslobađajuću presudu. Ružne vesti su za naslovne strane, lepe se objavljuju, ako ih objave, na dnu pretposlednje. U sopstvenoj čestitosti naš opozicioni odbornik nije mogao da pronađe ni zadovoljstvo ni utočište.

Beše zimska noć u našem gradiću. Napolju je kiša upotpunjavala njegova sećanja na morski grad. U dnevnoj sobi časovnik je pokazao jedanaest sati. Prisetio se talasa što u Salernu šume, prizivao je scenu prvog poljupca, njenu neravnu kosu u blagorodnom vazduhu. Imala je grčki nos i šarm gradskih žena, kao da je rođena u Parizu. Najednom ga zapljusnu velika samoća i nezaustavljiva želja da nestane. Stideo se pred samim sobom, rodbinom i prijateljima. Mogao je da bude mnogo više od usamljenog muškarca i opozicionog odbornika. Da ima božje pravde, bio bi muž u srećnom braku i gradonačelnik. Njegov je život prolazio, a da njegove želje nisu ni došle na red. Uprkos poštovanju naših primernih građana, ježio se od straha da ne nastrada na stratištu provincijske politike.

Kad je iz vitrine izvadio lovačku pušku i uperio je prema sebi, kazaljke su pokazale 23.30.

O piscu

Mario Liguori (Sarno, Italija, 1976), diplomirao je komparativne jezike i kulture na Univerzitetu L'Orientale u Napulju, a master studije završio na Filozofskom fakultetu u Novom Sadu, gde je i doktorirao. Piše na italijanskom i srpskom jeziku. Zastupljen je u antologiji *Buket za staru damu* (Pretego, 2008), a autor je putopisne proze *Snatrenja* (Službeni glasnik, 2010) i dvojezične zbirke *Sedam jesenjih priča/Sette storie autunnali* (Akademska knjiga, 2013). Objavljivao je u listovima *Danas*, *Blic*, *Politika*, *Oslobođenje*, *L'Isola*, *Polja* i drugim časopisima i dnevnicima. Od 2007. do 2009. živeo je u Švedskoj, gde je, između ostalog, predavao u Centru za jezike „Kävlinge Lärcentrum". Strastveni je putnik: posetio je gotovo sve evropske države, a duže je boravio u Irskoj, Velikoj Britaniji i Sloveniji.

Predaje italijanski jezik na Filozofskom fakultetu i Akademiji umetnosti u Novom Sadu.

Igor Marojević
BEOGRAĐANKE

„Kao vrstan poznavalac ženskog karaktera, Marojević svoje Beograđanke predstavlja kroz niz minuciozno ispisanih ženskih portreta. I svaka od žena, čija je priča u ovoj knjizi ispričana gotovo slikarski precizno, jeste grad za sebe. Osam Beograđanki je pripovedaču ove knjige ispričalo svoje životne storije, a on je zadržao njihov glas prenoseći te priče čitaocima u obliku ispovesti koje će vas istovremeno nasmejati, rasplakati, naterati da se zamislite i o koncu, u finalu svake od priča, podariti vam zrnce mudrosti."

Dejan Stojiljković

Dušan Veličković
SVA LICA SVETA

Šta govore i o čemu razmišljaju najpoznatiji svetski autori dok razgovaraju i druže se sa Dušanom Veličkovićem: zašto je Trejsi Ševalije trčala maraton, ko je zaista bio Jerži Kosinski, u šta zapravo veruje Vilijam Pol Jang, šta Norman Mejler misli o evropskoj kulturi, šta piscima savetuje Alen Ginzberg… Jedinstven zbir upečatljivih i originalnih iskaza o svetu, životu i stvaralaštvu, inspirativna razmišljanja slavnih savremenih pisaca koja se pamte!

Nataša Dragnić
ZAUVEK MORE

Tri žene. Jedan muškarac. Ljubomora.
I ljubav, duboka i snažna kao more.

„Izuzetno lepa, lagano i poetično napisana ljubavna priča o večnom povratku."
Elle

„Druga knjiga Nataše Dragnić govori o ljubavi i mržnji, rađanju i smrti, čežnji i očajanju, tugovanju i sreći. Istinski bestseler."
Buchjournal

Laguna Klub čitalaca

POSTANITE I VI ČLAN KLUBA ČITALACA LAGUNE

Sva obaveštenja o učlanjenju i članskim pogodnostima možete pronaći na sajtu www.laguna.rs ili ih dobiti u našim klubovima:

Klub čitalaca Beograd
Resavska 33
011 3341 711

Klub čitalaca Beograd
Delfi knjižara
Makedonska 12

Klub čitalaca Beograd
Delfi knjižara
Knez Mihailova 40

Klub čitalaca Beograd
Delfi knjižara
Terazije 38

Klub čitalaca Beograd
Delfi knjižara
TC Zira
Ruzveltova 33

Klub čitalaca Beograd
Delfi knjižara
Bul. kralja Aleksandra 92

Klub čitalaca Beograd
Knjižara Laguna
Bul. kralja Aleksandra 146

Klub čitalaca Beograd
Knjižara Laguna
Stanoja Glavaša 1

Klub čitalaca Beograd
Delfi knjižara
RK Beograd – Miljakovac
Vareška 4

Klub čitalaca Beograd
Delfi knjižara
Požeška 118a

Klub čitalaca Novi Beograd
Delfi knjižara Super Vero
Milutina Milankovića 86a

Klub čitalaca Novi Beograd
Delfi knjižara
Immo Outlet centar
Gandijeva 21

Klub čitalaca Zemun
Delfi knjižara
Glavna 20

Klub čitalaca Novi Sad
Delfi knjižara
Kralja Aleksandra 3

Klub čitalaca Novi Sad
Delfi knjižara
BIG shopping centar
Sentandrejski put 11

Klub čitalaca Niš
Delfi knjižara
Voždova 4

Klub čitalaca Niš
Delfi knjižara
TC Kalča
Prizemlje, lamela E, lok. 11

Klub čitalaca Kragujevac
Delfi knjižara
Kralja Petra I 12

Klub čitalaca Valjevo
Delfi knjižara
Kneza Miloša 33

Klub čitalaca Čačak
Delfi knjižara
Gradsko šetalište bb

Klub čitalaca Kraljevo
Delfi knjižara
Omladinska 16/1

Klub čitalaca Kruševac
Delfi knjižara
Mirka Tomića 89

Klub čitalaca Subotica
Delfi knjižara
Korzo 8

Klub čitalaca Pančevo
Delfi knjižara
TC Aviv Park
Miloša Obrenovića 12

**Klub čitalaca
Sremska Mitrovica**
Delfi knjižara
TC Rodić
Trg Svetog Stefana 32

Klub čitalaca Požarevac
Delfi knjižara
Stari Korzo 2

Klub čitalaca Užice
Delfi knjižara
Trg Svetog Save 46

Klub čitalaca Šabac
Knjižara-galerija Sova
Trg dačkog bataljona 15

Klub čitalaca Zrenjanin
Knjižara Teatar
Trg Slobode 7

Klub čitalaca Loznica
Knjižara Svet knjiga
Svetog Save 4

Klub čitalaca Jagodina
Salon knjige Til
Kneginje Milice 83

Klub čitalaca Leskovac
BIGZ Kultura 27
Južni blok 1

Klub čitalaca Zaječar
Knjižara Kaligraf
Svetozara Markovića 26

Klub čitalaca Podgorica
Narodna knjiga
Novaka Miloševa 12

Klub čitalaca Podgorica
Narodnja knjiga
TC Bazar, Blaža Jovanovića 8

Klub čitalaca Banja Luka
Knjižara Kultura
Kralja Petra I Karađorđevića 83

Klub čitalaca Banja Luka
Knjižara Kultura
TC Mercator
Aleja Svetog Save 69

Klub čitalaca Sarajevo
Knjižara Kultura
TC Mercator
Ložionička 16

Klub čitalaca Sarajevo
Knjižara Kultura
Alta Shopping Center
Franca Lehara 2

Klub čitalaca Tuzla
Knjižara Kultura
TC Mercator
II Korpusa armije BiH bb

Laguna

POSETITE NAS NA INTERNETU!

www.laguna.rs

Na našem sajtu pronaći ćete informacije o svim našim izdanjima, mnoge zanimljive podatke u vezi s vašim omiljenim piscima, moći ćete da čitate odlomke iz svih naših knjiga, ali i da se zabavite učestvujući u nagradnim igrama koje organizujemo svakog meseca. Naravno, preko sajta možete da nabavite naša izdanja po najpovoljnijim cenama.

Dođite, čekamo vas 24 sata.

Mario Liguori
PRVA LJUBAV

Za izdavača
Dejan Papić

Urednik
Dejan Mihailović

Lektura
Vesna Jevremović

Korektura
Aleksandra Vićentijević

Slog i prelom
Saša Dimitrijević

Štampa i povez
Margo-art, Beograd

Izdavač
Laguna, Beograd
Resavska 33
Klub čitalaca: 011/3341-711
www.laguna.rs
e-mail: info@laguna.rs

CIP – Katalogizacija u publikaciji
Narodna biblioteka Srbije, Beograd

821.163.41-32

ЛИГУОРИ, Марио, 1976-
 Prva ljubav / Mario Liguori. - Beograd :
Laguna, 2014 (Beograd : Margo-art). - 191
str. ; 21 cm

Tiraž 2.000. - O piscu: str. [193].

ISBN 978-86-521-1696-6

COBISS.SR-ID 209020940